人间烟火天下盐
黄门流水擅天下

黄门流水擅海内
人间烟火天下益
感受京城“馋神”的酒里乾坤、
食中天下

二毛作品

碗里江山

◎诗人大厨的“美食心经”◎

湖南文艺出版社
HUNAN LITERATURE AND ART PUBLISHING HOUSE
博集天卷
CS-BOOKY

序之一

诗人大厨二毛的美食心经

沈宏非

2002年，因为我的《写食主义》一书在四川一家出版社出版，我去了一趟成都，经朋友介绍，认识了二毛。在二毛开的“川东老家”，我目击了一条前所未见的“立鱼”。第一次见到立在盘子里的鱼，那种视觉上的冲击感，犹如在潜望镜里见到一枚MK 50反潜鱼雷以50节航速迎头袭来。

这道菜，名叫三椒子鲢，鱼是乌江里的野生鲶鱼（又称乌江鱼，一种性情活泼、善跳跃的“肥水鱼”），重约一斤半左右。“三椒”者，野山椒、胡椒、花椒也。盘子里，鱼是呈S形立着的，跃如也。其做法是：先用“三椒”将鱼从里到外略腌，然后用浸过野山椒的泡菜水隔水蒸熟。吃起来麻辣带酸，鱼肉有弹性且十分入味。

当然这还是次要的，一条鱼不但可以让你左看右看上看下看，彻底改变了观感的同时，还更新了筷子作用在鱼身之上的传统动作和运动轨迹，不再是直接将鱼肉从平面上夹起，美食创意师从此改行当了雕塑家，获得了一种雕刻或题壁的感觉。当然，为一条鱼“翻身”的种种禁忌也就不复存在。

需要说明的是，在蒸的过程中，鱼是尚未被立起来的。“如用微波炉蒸，把鱼立起来应有最佳效果”，二毛说。另外，鱼能在盘中站稳，下三路还是得有些机关。也就是说，并非所有的鱼都适宜站起来做“大写的鱼”，鲳鱼、带鱼或比目鱼，还是躺下的好。

千千万万条鱼倒下去，有一条鱼站了起来，这一站，从此扰乱了鱼在餐桌上的平铺直叙的传统叙事方式。而且，这条骇世惊俗的鱼，竟然是从川菜的一派血肉模糊之中跃起的！

蜀人烹鱼，一向是将鱼弄得不成鱼形之后再用水煮，虽然也有用高压锅蒸的，结果却往往不是有味无形，就是味形俱坏。让鱼站起来的那个川东人，江湖上人称二毛，是一个有苗族血统的诗人兼厨师。二毛的灵感得自于他的老家，即川湘交汇处的“边城”野食，所谓“烟水气”和“匪气”，就是取材上的生猛和烹饪上的不羁。

关于川西平原菜式（主流川菜）和川东菜式的区别，二毛以元人小令的风格写道：

川西菜，

平原、丘陵、风和日丽。

川东菜，

高山、流水、月黑风高。

一个诗人在厨房里所能想到和做到的无非也只有这些。不过一条觉悟了的鱼却可以告诉我们，鱼不一定非得躺着，诗人也不一定都要饿死。非但如此，还可以让自己和我们吃得更好，而川菜也可以更加灵动，在麻痹的酣畅中更多些高山流水的通透。

几年不见，二毛把他的菜馆开到了北京，取名“天下盐”，推出了天下盐菜谱《连环绘食画》，这菜谱是近年来中国食坛上少见的个性化菜谱。二毛以诗者、厨者、知味者三重身份，用连环绘画的形式将自己创意的菜品进行了诗化、拟人化和幽默化。古籍式的封面，连环画式的内页，配合二毛诗化的注解，确实有创意，够个性。

菜谱分为九部分，分别是传统之香、耳边响起的牛肉、天上有朵菜做的云、走在民间的小路上、温柔是汤、一生素炒、群众小吃、稻香麦香玉米香、在酒一方。

菜谱里还收录了黄珂、二毛的私房菜，如黄氏牛肉、二毛石锅鸡杂、王献之排骨等。且看黄氏牛肉这道菜的配文：

美食大家黄珂先生望京黄门宴上第一绝菜。将牛腩用盐、初恋、料酒码味，然后随姜、激情、香料下油锅炒至金黄加汤。先用十八岁的猛火后五十岁的欲火慢煨三小时。香辣中有爱的柔软，情的粘糯，恋的缠绵。

王献之排骨是二毛首创的“中国书法宴”中的菜品之一，配文如下：

大书法家王羲之的儿子王献之用笔瘦挺嶙峻外展如排骨。从笔架上取下排骨有挥毫之感。

在天下盐（北京东四十条南新仓店，明朝永乐年间皇帝的粮仓）用餐，不仅能品尝独特的美食和体验古代木结构建筑，而且可以一边点菜一边享受连环画菜谱带来的惊奇和愉悦。

这家伙从去年开始，又在报刊上开起了美食专栏，其文可谓妙趣横生，活色生香：

我一向认为美食是人间最持久的娱乐，需要志向相同的人来一起参与、分享才快乐，“吃独食”总是少了一份热闹做作料。所以，即使皇帝面前有200道精馔，我也不是很羡慕：他的胃口肯定没我好，因为我有一帮“同吃同德”的好友。在这帮好友面前，大家话不多，专心吃，用最合适的吃相吃，不必正襟危坐，不必担心失态；

吃东西是人类的本能，要吃得响才有快感；

好的美食家不应该“以价取菜”，即不以食材的价格高低来影响自己的判断。当一盘鸡毛菜和一盘海参放在一起的时候，忘掉价格，只相信自己的味觉；

在餐桌上搞政治、经济、人事甚至爱情，是中国餐桌上的特色；

在喝酒的男人看来，世界上有三种东西最下酒：花生米、美女和猜拳行令；

中国文人往往官运不济后才诗兴大发，文兴大发，然后又食兴大发；

有句民间俗语：好吃不如饺子，好看不如嫂子。说得真好。

说得真好。二毛确实是写字的人里面最会做菜的，做菜的人里面最会写字的。书快出版了，自己去买来看吧，过瘾啊！

序之二

君子之交淡若菜

阿来

和二毛认识十多年了，结缘是因为他的诗和菜，缘牵也是因为他的诗和菜。

最早是在成都，二毛开的“川东老家”菜馆，我和作家柳建伟去吃饭，一吃就喜欢上了，从此那里就变成了我和朋友们固定吃饭的场所。有时候我到别的地方吃饭，还会叫二毛来一起吃，和他聊吃，听他讲菜。

后来他去了北京，开了“天下盐餐厅”，还是因为菜联系着。他来成都，或者我到北京，无论时间如何紧，都会想法在一起吃顿饭，就菜论菜，天南海北地聊，漫无边际地侃。菜吃得过瘾，人聊得开心。

我最爱吃的一道菜是二毛做的青菜牛肉煨锅，青菜是最普通不过的芥菜，牛肉是平常不过的牛肉，经过二毛的一番调弄，再放到锅子里边慢慢煨着，一边煨一边吃，味道就不同了。青菜脆润清香，牛肉细嫩爽滑，淡淡的辣、淡淡的麻，还有蒸腾的热气，给人在家的感觉。

二毛离开成都后，因吃不到这道菜，我一度有些惆怅。去年冬天，春节前，我和夫人逛菜市场，当看到绿油油的青菜，竟突然想起了二毛，想起了他的青菜牛肉。

二毛是个会做菜的诗人，他现在几乎是用菜来作诗了。二毛的美食诗歌我喜欢，我儿子也很喜欢，尤其是那首《饮食与美女》：“谁能告诉我体温要达到几成油热/情欲该拿到什么火候/才能使美女细嫩可口”。我儿子还专门让我向二毛转达对这首诗的赞赏。

什么是菜？什么是诗？菜即是诗，诗即是菜。

诗人兼厨师的二毛认为一道好菜的创造亦如一首好诗的创造，需要才气和鬼气的想像，需要流浪式的体验和下到民间去获得悟性。

上世纪八十年代，我也曾写过一段时间的诗歌，我虽然喜欢吃，但基本不做菜，请二毛到家里做客，也是由夫人下厨，所以我只能算是一个比较知味的人，说得高级一点，也算是一个知“食”分子。

和二毛聊天，多是谈美食，但和这样一个美食家谈美食，是有压力的，所以我常常会讲在欧洲游历时吃到的东西，谈我对西餐的理解以及中西菜之间的融合。二毛总是认真地听，认真地想，对于有些食材和有些烹饪方法，他会刨根问底，然后再慢慢融入他诗一样的美食中。

对于我的美食乱侃，二毛的评价是：“很敏感细腻，很特别，和一般文人对菜的表述不同，完全可以出一本专著了。”

说是这样说，我的美食写作目前仍停留在嘴边上，二毛却在报刊上开起了美食专栏，集结文字即将出版，可喜可贺。

如果非要给朋友定分个类，我和二毛算是“菜友”，君子之交淡若菜，淡菜之交味更浓的那种。好了，废话不多说了。现在，请品尝二毛给大家奉献的这道文化美食大餐。

序之三

一个顽固的厨子

李亚伟

二毛是我最早的酒友之一，他喜欢下厨烧菜，还喜欢在街头巷尾发现特色下酒菜，尤其对民间那些藏在檐下地角的食材具有强烈的好奇心，是我酒友中在下酒菜方面有着最多实践经验的人之一。

大学时我就喜欢上了喝酒，而且酒友发展极其迅速。我结交了胡玉、万夏、二毛、敖哥、马松等人，大家经常一起东游西荡、写诗喝酒，很快就过上了“诗酒风流”的快活日子。我经常说：我们这些人是因为很多个共同目标走到一起来的。

那时我们都很穷，倒吊起来也敲打不出几个子儿，对下酒菜没法讲究。想要喝酒时，我们有时会模仿阿尔巴尼亚电影《海岸风雷》里的叛徒老大的台词：“穷得连根上吊的绳子都买不起”。下酒菜很少，但胃口好，我们的口头禅基本是“只要能下酒就行”。那时我的朋友中，马松对下酒菜的底线是：起码要卤猪耳、豆腐干和花生米。二毛则在此基础上增添了两个菜：凉拌菜和回锅肉，可以酒足饭饱——二毛要把我们往小康方向带，要我们和国家一起迈开羞涩的步子往前走。

后来，酒友遍布五湖四海了，下酒菜也多了起来。我们发现，酒友里面也分成对下酒菜讲究与否的两种。不讲究下酒菜的朋友在我们的友谊中一直显得扑朔迷离，这样的哥们，我们不抛弃，但也不挽救，我们有时也会在酒局上不离不弃地发出亲人般的呼唤，但这样的人如果组局，且还不知己知彼地呼唤我们赴酒小菜少的局，那就跟社会呼唤失足青年一样，听到这样的叫桌，我们耳朵就不怎么好使，我们会装聋作哑朝别的方向走，我们是酒中浪子，没舒服的下酒菜我们没法金不换。在酒色攻心的青春岁月，我们别的谱摆不起，但我们拿稳了吃喝上要做自己的主人。

有一年，我和二毛、万夏、何小竹等在涪陵杨顺礼家起火烹食，大家各展才艺，拼菜成局。唯杨家有一坛精心呵护的四川泡菜雅丽俊俏、可口绝伦，为大家赞叹不已，这大概也是二毛在其后来的庖厨生涯中，非常重视四川泡菜的开始。很巧，第二天，杨顺礼的朋友陈乐陵从重庆来看杨顺礼，大家见面认识后，陈哥从挎包里拿出一把又大又长的菜刀进了厨房，很短时间就给大家做了一桌下酒菜。出门访友也随身带着自己顺手的厨刀，这让二毛既吃惊又佩服，以至于二毛后来常常感叹：美食在民间，民间有高人。

我常常翘首而望二毛的酒局，我那时还是单身汉，在人生的路上吊儿郎当。人家二毛下手快，娶妻成家、当炉庖厨一气呵成。二毛爱酒好客，家中桌边常常坐着一两位咂小酒的客人，原因是其桌上天天有三盘四碟。二毛喜肥糯好醇香，和我算是一条食物链上拴着的两只蚂蚱，我们有着原材料上崇尚低端的理想，以及对白酒、黄酒、洋酒、啤酒爱憎不太分明的的修养，我们对酒菜没有营养上的追求，只管好吃就大叫"端上桌来！"

现在，二毛一如既往喜欢整饬下酒菜，舞刀弄勺多年，差不多算是成了精。但他和川菜酒楼里的大厨颇有分歧，二毛的底子也是川菜。根据我的观察，二毛从不认为麻辣是川菜的灵魂，二毛对麻辣看得不重，常睁只眼闭只眼，他认为麻辣是川菜的外衣，有时更是川菜的虚荣心。

二毛看待川菜像学者对待注释，喜欢追根溯源，喜欢寻找口感上的原始动力。二毛非常不喜欢流行菜式，他认为那是没头脑、没见识的烹饪新兵们玩的把戏，他对豆瓣、豆豉、泡菜、榨菜在烹饪中的穿梭和停留青眼有加，对腌、醉、风、腊、薰、酱等民间美食遗产也颇有心得。

不久前的一天，我在重庆上清寺的一家小巷餐馆吃烧菜，听见该店老板吩咐厨子做红烧肉不要放辣椒，厨子却坚持要放辣椒，争执不休，老板上火了，只得质问厨师到底谁是老板才作罢。这使我想起一次相同的情形：在成都郊外的一处农家乐，烹灶边上有一桌美女客人向厨子提出了部分要求：首先是不要放味精和辣椒，厨子勉强答应了。美女们进而提出不要放花椒，厨子不太同意，在灶间抬头认真地和客人商量，说应该适量放一点，否则不香，表情非常不高兴，在美女们坚持下也只得同意不放。没想在菜即将下锅前，一美女又用低沉的声音提出了最后一个要求：豆瓣也不要，这下厨子忍无可忍，把炒勺往往锅里一扔，不做了。

世上七十二行，烹饪行业最是顽固保守，天底下的厨子大部分都很固执，对师承非常忠贞，对调料更是钟情。二毛没有清晰的师承，其烹饪招数来路复杂，有迷踪色彩，但他毕竟是厨子，固执、忠贞、钟情的特点统统不缺。不过在我看来，这一切都仿佛是开了窍的，是被饕餮特别加持了的。一个来路不明的厨子坚持自己舌尖上的感觉，正说明他在口感上有特殊心得，他的固执就形成了他风格的菜地，他的忠贞就形成了他味觉的窗户，他的钟情就形成了他面前的下酒菜。如是而已。

下面，赋诗一首：

酒醉心明白——给二毛的绕口令

二毛是诗人的厨子，
诗人是历史的下酒菜。

历史是政治的酒水单，
政治是人民的酒劲儿。

人民是诗歌的厨子，
诗歌是国家的味蕾。

国家是社会的酒局，
社会是民族的账单。

民族是人类的餐馆，

人类是大地的客人。

大地是宇宙的吧台，
宇宙是生命的酒器。

生命是黑夜的侍者，
黑夜是诗歌的窗帘。

诗歌是酒徒的视野，
酒徒是二毛的兄弟。

二毛是厨子的样品，
厨子是二毛的外套。

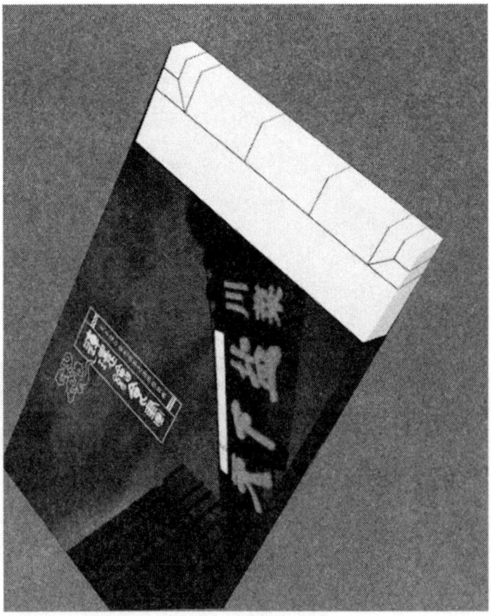

天下盐餐厅古朴
雅致的菜谱封面

天下盐餐厅的菜谱
封底更是古色古香

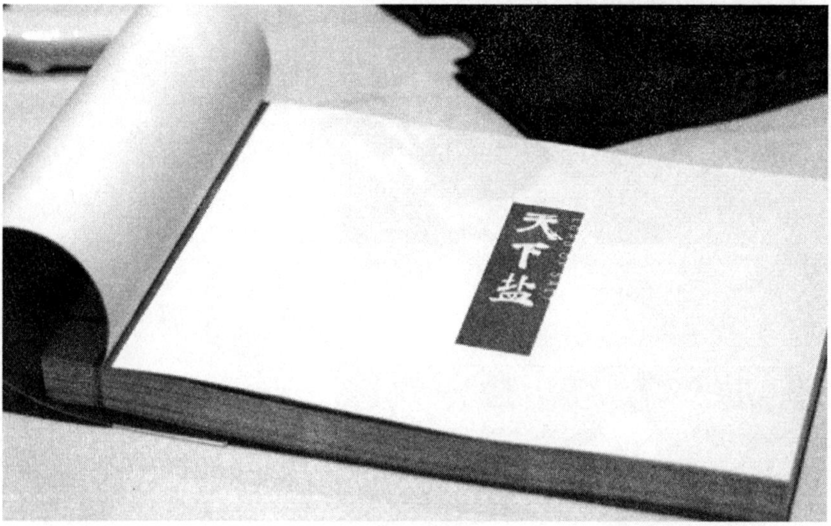

天下盐菜谱的内部设计极为古典考究

别具一格的天下盐主题菜谱

名闻北京文化圈的天下盐餐厅

目录
CONTENTS

第一辑　宫廷里吃酒席

003　但为美食不顾身：鱼藏剑和酿菜
008　原来曹操也是美食家
012　美食江山一把抓
017　闲话明朝宫廷菜
021　乾隆的宫廷菜生活
032　西膳房里花样多
037　当国家开宴会

第二辑　江湖上吃酒席

045　江湖吃酒规矩多：洪门酒阵和供神吃喝
048　江湖吃酒规矩多：袍哥开年会
051　钟磬宴与民间祭典
053　猜拳行令下酒菜
057　谈饮食话风水

第三辑　知食分子

063　诗情洋溢美食间
067　孔子的饮食观："食不厌精，脍不厌细"
071　不食人间烟火：道家与药膳
076　大唐烧尾二十年
080　诗人请吃粥
084　饮茶醉水：最是风雅说斗茶
091　花儿为什么这样"鲜"
096　《醒园录》：一部被忽略的美食巨著
100　诗歌是菜，菜也是诗歌
104　食色双全《金瓶梅》
108　可以吃的词语

第四辑　民国吃家

113　民国美食地图
118　一方名菜一方人
122　蒋介石的食养
133　鸿门险宴代代开
138　千叟宴与苏菜汇

第五辑　厨里乾坤

145　穿越“历史灶台”的美丽女厨神
150　姜还是老的辣
158　称心如意菜
161　吃相　相吃
165　这样才叫美食家
169　吃你的豆腐
173　饮食的行为艺术
182　吃的工具
185　醋意　醋味
189　把握火候
194　柳叶花刀说刀工

198　**后记**

第一辑

宫廷里吃酒席

但为美食不顾身：鱼藏剑和酿菜
原来曹操也是美食家
美食江山一把抓
闲话明朝宫廷菜
乾隆的宫廷菜生活
西膳房里花样多
当国家开宴会

但为美食不顾身：鱼藏剑和酿菜

革命不是请客吃饭，但绝对离不开请客吃饭。最早将请客吃饭作为“革命手段”的，当属春秋战国时代吴国的公子光，也就是后来的吴王阖闾——为美女西施亡国的吴王夫差的老爹。

公子光是吴王诸樊的儿子，诸樊死后却没有传位给公子光，而是传给了自己的弟弟馀祭。馀祭死后再传弟弟夷昧，后又准备传给贤能的三弟季子札。但这位三公子似乎太爱惜自己的“贤名”，不肯接受王位而逃走了。于是，王位落到了夷昧的儿子手里——此人就是吴王僚。

这让公子光大为不满：如果按兄弟次序，应该是三叔即位，三叔不干，按儿子次序就应该是我公子光继承王位，哪能轮得到僚？从此，杀僚自立的想法开始成为公子光的人生目标。

吴王僚深知公子光对自己的不满，自然处处严加防范，没有给公子光任何机会。然而，防范再严密也难免有疏漏之处，公子光也非等闲之人，很快就瞧出了一个大破绽——这破绽就出在僚的馋嘴上。

僚是一个爱吃的人，他最喜欢的一道菜是炙鱼，也就是今天所说的烤鱼。当时，在太湖边上住着一个名厨，此人被尊称为太和公。这个太和公会做很多美味佳肴，被认为是中国古代十大名厨之一。其中，他做的炙鱼尤其著名，深得吴王僚的喜爱。

抓住吴王僚的馋嘴这个破绽的，是伍子胥和专诸。伍子胥在中国历史上可是大大有名，他本名伍员，是楚国贵族，因家人被楚平王杀害才逃到吴国，发誓要倾覆楚国为父兄报仇。

当伍子胥得知公子光有意刺杀吴王僚，就找到了自己的哥们儿专诸，将其推荐给公子光，并出主意说：让专诸到太湖找太和公学炙鱼，以做美食的名义寻机接近吴王僚。

专诸这个人看起来十分高大勇猛，似乎有些鲁莽，实际上他却非常细心，手也很巧。到了太湖之后，他对太和公也是异常尊敬，甚至在冬天睡觉的时候，都会把太和公的脚揣在怀里为他取暖。这让太和公十分感动，于是就将炙鱼的绝技传授给了专诸。

三个月后，专诸学成归来，在公子光家里试做了这道菜，色香味都达到了太和公的水平。

见时机成熟，公子光就请吴王僚到家中赴宴，并以“我这里的炙鱼比太和公做的还好吃”相诱，贪吃的吴王僚听了难免直咽口水，虽然知道其中可能有诈，为了吃鱼居然还真去赴宴了。

赴宴时，吴王僚做了充分的防范工作：从王宫到公子光家的途中布满了卫士，宴会上所有人均不能携带兵器等危险物品，连上菜的人也要脱光了外衣，只穿内衣半裸着跪地而行，上菜时也得在两名卫士的监视陪伴下提供服务。即便如此，吴王僚还是不放心，身边还站着两名持长铍的卫士，随时防范有人行刺。

宴至高潮，眼看炙鱼就要上桌，此时，公子光借口腿疼离开了。就在这个当口，炙鱼的香味儿已经弥漫到厅里，撩拨得吴王僚口水直流，一时也顾不上怀疑公子光的异常行为。

这时，只见专诸光着膀子，跪地而行，一步一步把炙鱼送到僚面前。就在僚俯下身子闻香味的时候，专诸突然从鱼腹里抽出一把剑直刺向吴王僚的胸口。几乎是与此同时，僚的两个卫士手中的铍也插向了专诸的两肋。僚应声倒下，专诸也一命呜呼，公子光的卫士趁乱全部冲上去消灭了僚的卫兵。公子光成功夺取了王位，史称吴王阖闾。

当上吴王的公子光没有忘记伍子胥和专诸的帮助，封专诸的儿子为上卿，伍子胥更是平步青云，成为吴楚争霸中的风云人物。

抛开王位争夺、朝代更迭的政治因素不谈，吴王僚能为一道炙鱼丧命丢位，足见这道菜的魅力之大。

单就这道菜本身来说，做法也是非常考究。

吴王僚那个时候吃的炙鱼是白鱼做的，这种鱼生活在太湖边上，肉质肥美，鲜嫩异常。炙鱼的做法是先用盐、姜、葱、酒等调料将鱼腌制一两个小时，然后在鱼身上裹上猪网油，再将鲜猪肉、笋和蘑菇剁细后，做成馅装在鱼腹里，然后用木炭烤。

这样烤出来的鱼肉中有一种木炭的清香在其中，远比现在常用的电烤鱼味道好。

到了清代，御膳房一位姓王的厨子仿效专诸，用鳜鱼做了一道新菜献给慈禧太后，以此来讨老佛爷的欢心。但没想到，之前有人已经在慈禧面前打过“小报告”。于是，慈禧明知故问：“专诸是为了刺杀王僚而烧制此菜，你现在做这菜给我吃，胆子可真不小哪！”

这要换了一般人早已吓破胆了，还好王姓御厨颇有急智，当即下跪道：“老佛爷洪福齐天，吴王僚之辈无福享受的佳肴，老佛爷自然享得，岂是吴王僚可以相比的呢？”慈禧听了自然满心舒爽，待品尝过后更对这道菜赞不绝口，重赏了王姓御厨。

鱼藏剑所依托的这一特殊菜式，不仅改变了吴王僚和公子光，伍子胥、专诸等人的命运，其做法也深刻地影响了后世的美食家们，特别是塞馅这一方法，直接启发了后世酿菜的形成。

如今，这种塞馅的方式已经是中华美食中常用的方法。我们日常生活中经常能看到的豆腐箱子，其实就是酿菜的一种，是把豆腐切成小箱子或者三角形（中间掏空），把肉馅塞在里面然后拿来做菜。

鱼藏剑从春秋战国传承到现在，更多是使用鳜鱼，因而这道菜又叫做叉烧鳜鱼，在苏州一带仍然很流行。其做法和古时还是很相像，只不过现在还在所塞的馅料里加了火腿。另外，炙烤的方式也更多了，除了炭火，有的会把调料洒在鱼身上直接在锅里煎，但就这道菜而言，还是炭烤的鱼味道最好。

受鱼藏剑的影响，到了秦汉时期还发展了一道菜，叫做胡炮肉。这胡炮肉的做法是：选用一岁大的羊，将羊肉剁碎，加调料腌制，然后将羊肚的里面翻出来洗干净，把馅塞在羊肚里面，再用针缝好，不用炭火烤，而是找一块比较肥沃的土地挖一个坑，在坑里烧一堆柴火，木柴烧尽之后土会发热，这个时候再将羊肚埋进坑里，再在土上面烧一把火，如此上下加热，一堆柴烧完之后，把羊肚取出来切成片上桌，味道也是非常鲜美。

《红楼梦》的作者曹雪芹也创新过一道酿菜，叫做老蚌怀珠，其具体做法是：用香料将煮熟的雀蛋剥壳后装入鳜鱼腹中，将鳜鱼煎成深黄色，再加调料烧制而成。食用时“轻启鱼腹”，则明珠“灿然在目”。

类似的做法也流传到现在，有道菜叫做肚包鸡，也叫做胎藏凤，做法是将猪肚洗干净，把童子鸡腌制好后酿在猪肚里，缝上，然后用文火慢慢煨成。上桌的时候，需要用剪刀把猪肚剪开，切成肉块和汤一起吃。

（清）慈禧太后肖像

记得小时候，有一次家里来了贵客，母亲用一斤重的小嫩南瓜，从底部的 1/5 处剖开（上半部分留作他用），将内瓤掏出，然后将肉末加上葱、姜、醪糟、水豆粉、胡椒面和成馅塞进南瓜肚里，盖上瓜盖，隔水蒸一小时后上桌。那是我平生第一次吃酿菜，犹记得那肉馅滋味腴滑，南瓜清香扑鼻，口味异常甜美。后来，就天天盼着家中来贵客。

以后，随着生活的不断改善，母亲也陆续做了些肉末加青椒、苦瓜、番茄之类的酿菜。现在再回味，感觉母亲酿藏在菜中的其实是一腔滚热的爱心啊。

我曾经创造过一道文化菜，也是受到鱼藏剑的启示。

这道菜名叫哲学鱼，就是在大鱼里面酿一只小鱼，小鱼里面又酿一只虾，取“大鱼吃小鱼，小鱼吃虾米”之意，而整道菜上桌后再被人吃掉，也正体现了一种生存的哲学。

具体做法是：大鱼用鲤鱼，小鱼用鲫鱼，虾用基围虾，把虾剖成两半，但别断开，酿一些五花肉馅在虾里面，再一起塞进鲫鱼肚里；鲫鱼的做法是先拿来煎一下，然后和另外一些调料一起酿在大鲤鱼肚子里，然后用火烤熟。

说到鱼藏剑，在四川雅安还真有一种鱼的身上藏了一把“剑”。话说雅鱼和雅女、雅雨并称为“雅安三雅”，在雅鱼的脊背紧挨头部处，有一块骨头和剑的形状很像。而当地的人喜欢在吃完雅鱼之后将这把小“剑”抽出来，拿回去放在家里作为辟邪的吉祥物。世界之大，当真是无奇不有。

现在，这种雅鱼已经穿越过雅雨，从雅安游到了北京天下盐的餐桌上。吃完鱼后，服务员会把这小小的“辟邪宝剑”从鱼头中抽出，再装进精美的小礼盒中送给客人。怎么样，我的一番用心是不是够风雅?

原来曹操也是美食家

曹操墓终于被确认了，但是很遗憾，墓里没有像马王堆那样出土绚烂的美食文物，甚至在出土的墓碑上也没有记载“魏武王常所用牛肉酱”之类的文字。

这实在让我非常失望，因为在我眼里，曹操不但是军事家、政治家、文学家、书法家、伟大的诗人（这个我最看重），还是一个美食家，一个美食精神的先驱。

史书记载的多是曹操的辉煌政绩，比如统一中国北方，实行屯田制，恢复农业生产等。曹操最有名的是“唯才是举”，不拘一格延揽天下英雄，确实是一代开风气的枭雄。

他同时也是一个非常喜欢喝酒的人，征战沙场之际还留下了“对酒当歌，人生几何……何以解忧，唯有杜康”的千古名句。

话说曹操这“唯才是举”令一下，英雄豪杰们纷纷从各地赶来投奔，自然是一件令人高兴的事。但请人喝酒吃饭好好款待是最起码的礼仪吧，可以推想，曹操肯定需要举行或者参加很多宴会。于是，作为美食家的曹操形象也就呼之欲出了。

实际上，曹操还真著述了一本美食专著《四时食制》。我认为，这本书对后代的豫菜（也就是河南菜）四季分明的特点有着很重要的影响。

后人也非常认可曹操在美食方面的成就，根据曹操“唯才是举”，歌咏“周公吐哺，天下归心”的意境，创意了一道叫做“天下归心”的菜来纪念他。

这道菜是用大竹节虾来象征英雄豪杰，把虾挂糊，粘匀面包糠，炸熟，摆盘。摆盘的时候，将其放在由鸡蛋清、干淀粉和面粉做成的心形饼的中间。

《四时食制》记载了许多佳肴，其中的一道名菜是羹鲙，即用鲙鱼做的肉汤。鲙鱼古时候也被称为鲇鱼，是夏天吃的美味，还有食补的功能。

还有一道叫驼蹄羹，这道菜严格意义上讲不是曹操本人所创，源出于他的儿子，著名才子陈思王曹植，原名七宝羹。因为骆驼常在沙漠行走，所以驼蹄肉质肥厚，吃起来非常筋道。而驼蹄羹汤汁鲜美，味道非常特别，魏晋时代十分有名。

驼蹄羹日后也成为历史上最著名的珍馐佳肴之一，多为皇室贵族享用。明代闵文振的《异物汇苑》有记载曰："瓯值千金，号为七宝羹"。唐代大诗人杜甫在名篇《自京赴奉先县咏怀五百字》中有"劝客驼蹄羹，霜橙压香橘"的句子，说的是唐玄宗与杨贵妃在骊山华清宫玩乐，所吃的珍馐美味中就有驼蹄羹。看来，这道菜至少在唐代依然很流行。

虽然食材料难得，但现在也还有驼蹄羹卖。这道菜的具体做法是，取驼蹄先洗净去毛，汆水去异味，切成肉丁。关键是要把切细的驼蹄肉丁放到土鸡汤中，用文火慢煨 12 小时，直到软烂为止。

其实，很多高级的补品和蹄筋类食物都是要用高汤和鸡汤来煨的，比如猪蹄等。

曹操的美食家封号并不是浪得虚名，我统计过，在《三国演义》中，在饭局中出现频率最高的就是曹操，这虽然经不起具体的历史考证，但至少说明了曹操是个很爱吃也很会吃的人。

当今许昌的烹饪高手，如桃园大酒店的大厨，就根据三国历史创意了 60 多道三国名菜，其中 40 多道都是与曹操有关的。因此，将其称为"曹操名菜"也不为过。比如：华佗圆子、许田围猎、魏都莲房、貂蝉拜月等。

《四时食制》记载，曹操很爱吃鸡肉，对鸡身上各个部位的味道如何非常了解。这一爱好甚至深入到其行军酒令中，比如大家非常熟悉的

“鸡肋”故事。

当年曹操进攻汉中，久攻不下，准备撤兵，但又心有不甘，犹豫不决。一晚厨师送鸡汤来给曹操，汤中有鸡肋，这时恰巧夏侯惇来问当晚的军令口号，曹操有所感触，随口说道：“鸡肋”。众将不解其意，只有主簿杨修理解，让手下人收拾行囊，并说“鸡肋，鸡肋，弃之可惜，食之无味。魏王不久要班师矣”。曹操被杨修猜中心思，恼羞成怒，以扰乱军心为名，杀了杨修。过了不久，他还是班师回中原了。

曹操爱吃的鸡不是一般的土鸡，而是华佗给他进献的乌骨鸡。这种鸡的特点是毛脚五爪，乌皮乌骨，白肉，绿耳等，被称为“白凤”。中医认为，食用乌骨鸡可滋阴壮阳，对人体非常有益，历代为皇家贡品。现代民间也多用乌骨鸡给产妇补身体。

还有一道菜是曹操亲自命名的，叫做官渡泥鳅。据说，曹操率军在官渡和袁术对峙的时候，由于军粮匮乏，一个饿得不行的士卒在水泽中抓泥鳅烧着吃，被以违反军纪的罪名抓来交给曹操处罚，曹操却让这个士卒再依样烧了两条吃，觉得味道非常鲜美，所以没有处罚这个士卒，反而让他将这道菜推广到全军，并因此解除了这次饥荒。官渡之战大胜后，曹操再次奖赏这名士卒，而且把这道菜命名为官渡泥鳅。

我小时候也自已烧过泥鳅吃，把河沟里抓来的泥鳅用荷叶和泥巴裹上，放在柴堆中烧来吃，真是非常美味，那滋味至今还很怀念。

现在有一道菜知道的人很多，叫做泥鳅豆腐，这大概是最著名的泥鳅菜了。泥鳅因为土腥味重，吃之前必须加菜油让泥鳅在水中催吐，吃的时候再剪去鱼头。更讲究的是要把泥鳅开膛，取出内脏，择洗干净再烹制的。

名菜泥鳅豆腐

北京望京黄门宴上有一道水煮酸辣泥鳅，是主人黄珂先生当知青时用泥鳅解馋创制出的。他的做法是，锅内菜油烧至五成热时，下花椒、豆瓣炒至油呈红色，再下泡椒、泡姜炒香，加入适量水后，放入泥鳅，接着加入料酒、白糖、醋、姜片、蒜、盐等烧开，转小火焖。然后，加入现从自家园圃里摘的香葱、蒜苗一起下锅。

曹操像

这道菜吃起来鲜香细嫩，柔滑绵烂，一桌食客无不赞叹。再配上一杯美酒，当真是人间美味！

后来，曹操八方延揽人才，并在铜雀台大宴群臣，其中有道名菜后来收入了曹操官府菜。这就是当时曹操府中厨师所做的铜雀展翅，这道菜寓意着曹操的霸业不断扩张。

还有一个故事也是大家很熟悉的，北方匈奴进献了一道点心，曹操很高兴，挥笔题字“一合酥”，杨修解为“一人一口酥”，让大家分吃了。这一合酥后来也进入了曹操官府名菜。

据我考证，曹操命名的这个点心应该是面做的。在唐代以前，点心又叫“比硌”，一般是把面粉先做成片，然后再卷或者按压成形，经过蒸或者烤制而成的。南朝梁顾野王在《玉篇》中就说“比硌，饼熟”。遗憾的是，这种点心的做法已经失传了。

我估计，一合酥很像现在的香酥牛肉糕，或者马蹄烧饼。在北京，我在华堂商场里吃过一种现做的香酥牛肉糕，算是味道最好的。

限于历史资料，只能拼出曹操作为美食家的破碎背影，希望有兴趣的人可以一起研究，开掘出更多的曹操美食。

美食江山一把抓

我一直认为，一个专心致志搞政治的人不会是一个美食家，刘邦不是，朱元璋不是，武则天也不是，他们有爱吃的菜，但是却没有什么专门的美食嗜好。但是也有兼顾美食和政治的帝王贵族，比如南宋孝宗皇帝，清代康熙皇帝和唐代武则天的男宠张易之。

皇帝吃饭叫用膳，我们不妨把各个朝代帝王的饮膳放在一起做个比较。

出身卑微的刘邦年轻的时候穷困不堪，自然没有什么家传的“刘家菜”。据后人考证，刘邦最爱吃的菜有下边几道。

第一道菜是烤鹿肚。这个喜好来自于他当亭长的时候，但是这个烤还不像胡炮肉或者鱼藏剑里面酿有东西的那种形式，就是单纯地烤鹿肚，和现在烧烤摊上的烤板筋类似，算是很简朴的吃食。

刘邦整个人风格比较粗犷，当了皇帝之后才吃上了一些好东西。当时，人们都知道刘邦喜欢吃狗肉，所以汉朝宫廷里也以吃狗肉为时尚。这是因为刘邦是徐州沛县人，那里的狗肉铺到处都是，并形成了一种风气。另外，当时人们相信，吃狗肉有益气轻身、安五脏、益脾胃的好处。

在狗肉宴里，有一道刘邦非常喜欢吃的菜，最后成了汉朝的一道宫廷菜，叫做肥狗之和。就是用狗肉和石耳（类似于木耳，长在石头上的一种菌类）烹制成的一个羹汤。

第三道菜是红烧熊掌。熊掌谁都喜欢，但是刘邦吃的熊掌做法却非常独特，是用芍药酱来焖制的。

第四道菜是炖豹胎。豹胎就是母豹腹中的胎盘，用文火慢炖而成，这个食材非常难得，现在已经是不可复制了。

江南名菜鲈鱼烩

隋炀帝是历史上著名的亡国之君，由于其父隋文帝在位时生活过于节俭，这位隋炀帝在当上皇帝之前，和刘邦一样，也没有吃过什么好东西。当上皇帝后，地方的臣子知道了他的爱好，于是纷纷向他进献美食。据记载，他最喜欢吃的一道菜是鲈鱼烩。

这个菜是以鲈鱼肉为主料，辅料是金橙，再和香柔花叶一起烹制而成。当今的烹饪做法中，用橙子和香柔花叶做鱼的手法很少见，而淮阳菜中的一道蟹酿橙应该就是受了鲈鱼烩的启发。做法是把螃蟹肉、蟹黄一起酿在一个大橙子里，然后放在锅里面蒸熟。

但是，隋炀帝还不能算是一个美食家。到了唐朝，帝王饮宴又上了一层楼，代表人物就是女皇武则天的男宠张易之。

张易之创造了一道菜，叫做鹅鸭炙，堪称古代饮食中的登峰造极之作。具体做法是，把一只活的白鹅装进铁笼里，再烧起炭火，铁笼里同时放七、八个铜盆，每个铜盆里都装一种带汁的调料：醋、酱油、白酒以及一些混合香料。随着炭火的燃烧，铁笼里的温度越来越高，被火炙烤着的白鹅开始掉毛，出于本能，这只鹅就去喝铜盆里面的水汁调料来解渴，直到把调料喝干，鹅也被烤得焦干了，稍微加工一下就可以上桌供人食用了。

抛开这道菜做法的残忍程度不说，鹅鸭炙在烹饪手段上很有独创的想象力。由于鹅是自己把调料吃到肚子里去的，这同杀死鹅之后再腌制的做法就有了本质的区别，调料的味道可以直接进入鹅的血液循环中，被烤熟之后，鹅肉自然是鲜美异常。

川菜中有一道豆腐煮泥鳅，做法和鹅鸭炙有异曲同工的地方。具体做法是，把鲜活的泥鳅放在清水盆里，滴一些菜籽油让它吐净泥沙，再用清水冲一下。把一块块白豆腐放在装着清水的锅里，然后把泥鳅放进去，盖好锅盖给锅加热，泥鳅自然热得受不了，争先恐后地往豆腐里钻，等豆腐熟了自然泥鳅也熟了。

吃的时候，可以直接用蘸碟食用，也可以再用调料把泥鳅豆腐烧制一下，味道也是异常鲜美。

南宋的高宗皇帝赵构也算得上帝王中的一个美食家。他特别爱吃的一道菜是坑羊，还经常请别人一起同享。

这道菜其实就是烤全羊，但做法很特别。首先，每次做坑羊都要选择一片肥沃的土地，挖地三尺做一个坑，再用砖垒成一个灶，上面架一口锅，锅的上方放一个铁架，把宰杀好的、经过盐、花椒、香料、葱等腌制三五个小时之后的整羊倒挂在架子上。然后开始加柴火烧，把空锅烧得通红。这样，泥土的气味、铁锅的气味加上水汽，与调料味混合在一起，热烤七八个小时，羊就完全熟透可以食用了，味道自然是鲜美异常。

坑羊的做法直接启发了后世烤鸭的做法，但是讲究的烤鸭是用炉子和果木烧烤，可炉子毕竟是多次重复使用的，于是也就没有了像坑羊那样的鲜土味道，而且烤的时间也短了很多，味道同样也就无法与之相比了。

还有道菜叫云林鹅（由元代画家倪瓒所创，倪瓒字云林），做法也很类似于坑羊：把鹅先用作料码好，然后横挂在铁杆上，架在一口大锅里，锅里面放上一杯酒。也是把锅烧红，这样酒的香气就会渗透到鹅肉里面——这比坑羊要进步一点。除了放酒外，锅里还可以放其他调料来调节鹅肉的味道。

此菜被清人袁枚收入了《随园食单》中，并有专门的制作介绍。1998 年，我在成都开“川东老家”餐厅的时候，曾和厨师一起翻制过这道菜，还专门用砖砌了一个火灶。不过，我烤的是鸭子。当揭开炉盖，金黄油亮的鸭子露出来的时候，我知道，自己成功了。

朱元璋是一个贫苦出身的皇帝，比刘邦年轻时还穷。他最喜欢吃的

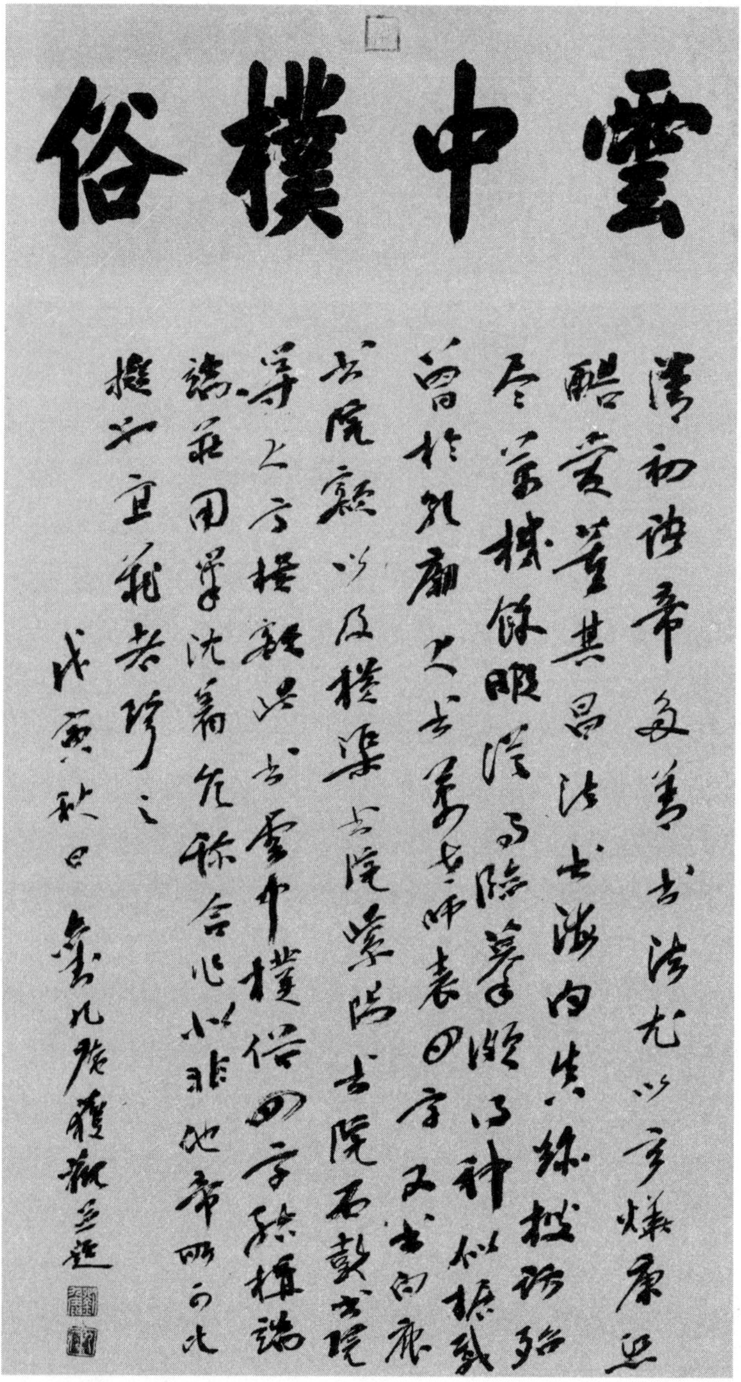

（清）康熙皇帝书法立轴

（清）王翚 康熙南巡图

一道菜也充满了草根味道，是烧香菇，居然也进入了明朝的宫廷名菜中。

具体做法就是把干香菇用水发泡之后拿来烧。现在的香菇大多是人工种植的，烧烤的话已经不复朱元璋生活的时代那般鲜香自然了，但配上鸡汤和蒜片来慢慢熬，直到香菇吸干了高汤再加一点盐，还是非常鲜美的。

清朝的康熙皇帝是一个喜欢自己动手的美食家。他经常在木兰围场里打野鹿，自己烤着吃，最喜欢吃的是烤鹿肝和鹿肉。另外，康熙还喜欢吃一道叫清蒸细鳞鱼的菜。这种鱼产在辽河里，康熙就命人把鱼苗运到承德的避暑山庄，慢慢养大，再自己钓上来烹成佳肴享用。

闲话明朝宫廷菜

明朝从1368年建立到1644年灭亡，立国276年，是中国历史上最后一个由汉族建立的封建统一王朝。

明代创造了灿烂辉煌的文化，其中一个突出的特点就是市民经济和市民文化的繁荣，这种文化注重享乐，表现在美食上就是宫廷菜（官宦菜）和江湖菜的双峰并峙。

宫廷菜自然以明朝皇帝们的饮食为主要代表，特别是万历皇帝朱翊钧；江湖菜的代表则是小说《金瓶梅》中记载的那些菜品，也可以说《金瓶梅》中所记菜肴是当时流行的商务菜的代表。

先说宫廷菜。因为朱元璋出生在安徽，其手下的开国将领也多为淮扬一带的人，所以，官场上流行的菜还是以淮扬风味为主，比如太祖烧香菇、长寿菜、徽州毛豆腐等，都带有浓郁的淮扬菜特色。

明代中期以后，随着经济的繁荣、烹饪技术的提高和原料的增多，菜式更加丰富，味道也在淮扬风味为主的基础上加以本地化。

在明代宫廷菜的发展中，开国皇帝朱元璋起到了很大的推动作用。据《明大政纪》记载，洪武二十七年（1394年），由工部在京城（今南京）建了十座大酒楼，具体经营权全部交给民间的商人，用现在的话说就是用官方的投资来拉动内需。这些酒楼陈设装修极尽豪华，里边还设有剧场、舞台等娱乐场地，有些酒楼里甚至还设有水上流动餐位。

这些酒楼的名字也很大气，富有想象力，比如“鹤鸣”、“醉仙”、

"讴歌"、"鼓腹"、"来宾"、"重泽"等。后来，又加盖了五座酒楼，共十五座，于当年的八月二十三（农历）建成。为了拉动消费，朱元璋又赏给文武百官巨额官钞（相当于政府为了拉动内需而发放的消费券），让他们到这些酒楼中去消费。有了皇帝和百官的带领，这些酒楼自然生意兴隆，客流不断，以至于"日收十万钱"。

而在当时的江南地区，流行着另一种极富地方特色的"船宴"，特别是在江苏扬州一带，并在清代进一步盛行。

所谓船宴，就是以船舶作为宴饮场所，将美食、美景、美趣结合，别有一番情致。当时，杭州西湖、无锡太湖、扬州瘦西湖、南京秦淮河、苏州野芳浜以及南北大运河等水上风景区，都有专门供应船宴的"沙飞船"（又名"镫船"），其船舱中有炉灶，尾随在游船后供应酒食。清代沈朝初有一首《忆江南》词，栩栩如生地描写了船宴之乐："苏州好，载酒卷艄船。几上博山香篆细，筵前水碗五侯鲜，稳坐到山前。"

因为社会物质的丰富以及文化的繁荣，到了明代，饮食在民间也逐渐走出了"吃"的局限，成为一种独特的娱乐方式，这与宋代相比有了很大的进步。比如，《水浒传》中经常记载的梁山好汉"上酒楼"的目的还是吃饭，填肚子，酒楼的主要功能还是"吃饭"，而明代人去酒楼则更多成了一种娱乐行为。

明代饮食的另一大特点是：很多外来食材出现在寻常百姓家，这也大大丰富了中国原本的菜式谱系。

一些我们现在常见的食物，如番茄、辣椒、南瓜、地瓜（甘薯）、玉米、大蒜等，原来都是"舶来品"，都是随着"地理大发现"在明代传入中国的。特别是辣椒的传入，对于中国饮食来说具有革命性的意义，没有辣椒，今天的川菜、湘菜都无法形成。有意思的是，现代几乎家家户户都会做的番茄鸡蛋汤，在明代也已经出现了。

在明代的宫廷名菜菜谱中，由当时人创制的就有22道，它们分别是：

烧香菇、蟠龙菜、炙蛤蜊、炒大虾、田鸡腿、笋鸡脯、三事、烹河豚、酒糟蚶、烧鹿肉、镶肚子、带冻姜醋鱼、生爨牛、花珍珠、

（明）嘉靖皇帝画像

烹虎肉、炙泥鳅、酢腐、水母烩、油煎鸡、炙鸭、一捻珍、水煠肉。

其中，蟠龙菜现在还是湖北钟祥县的名菜，这道菜与明朝的一位皇帝有关——明代以数十年不临朝闻名的嘉靖皇帝朱厚熜。

朱厚熜本是明兴献王朱祐杬的长子，封地就在钟祥，正德十六年（1521年），明武宗朱厚照驾崩，无子即位，朱厚熜是朱厚照的嫡亲堂弟，按“兄终弟及”的规矩，朱厚熜就进京做了皇帝。

由一个地方诸侯土成为皇帝，自然是蟠龙升天了。在赴京登基前，朱厚熜的蒙师给他送行，其中就有一道蟠龙菜。这道菜以瘦猪肉、肥肉膘、鲜鱼片、鸡蛋清、绿豆干粉、葱白、胡椒、食盐等为原料，将鱼肉剁成肉馅，纱布过滤，作料拌和，蛋皮包裹，然后摆成蟠龙造型，入笼蒸制而成。由于这道菜是由厨师詹多创制的，因而，在当地又被称为“多菜”，谐音为“剁菜”，或称“詹剁”、“粘剁”，因为做法是由蛋皮包裹而切成片，又名“卷切”。

三事这道菜，也有必要特别说一下。它是由海味（海参、鲍鱼或鱼翅）加上肥母鸡、猪蹄筋三种食材混合，加入调料小火慢煨而成的。或者也可以说，这道菜是现在的福建名菜佛跳墙和湖南名菜祖庵鱼翅的鼻祖。

烹虎肉中的虎肉是一种特殊的食材，现在已经不可得。据《本草纲目》记载，“（虎肉）味酸无毒，主恶心、呕吐，益气力，止多痰，伤人齿”。虎肉的做法也非常特殊，明代宋诩的《宋氏养生部》记载的做法是，先将虎肉用新鲜的泥土溺一晚，再用盐腌一天，洗净烧熟，再加水、花椒煮熟。据说，这样可以去掉虎肉本身的酸味。

油煎鸡的做法和现在南方流行的樟茶鸭的做法很类似，应可算作樟茶鸭的起源，做法是先腌制，再用热油不停地浇在鸡上，最后蒸熟。

水母烩有点像现在的凉拌海蜇，是一道凉菜。生爨牛的吃法就很像后来的涮火锅了。

在烹饪技术上，明代与两宋相比也有了很大的进步，而且更加规范，有烧、蒸、煮、煎、烤、卤、摊、炸、爆、炒、炙等多种做法。查阅明代的史料，我们可以发现，至少有28道菜都是用独立的烹饪方法做成的，比如，火燎羊头、水晶鹅、酿螃蟹、蒸龙肝、炮凤肚、烧芦花猪、糟鹅掌、烩通印子鱼、煎鸡、熬鸡、酥鸡、卤烤鸭、摊鸡蛋、火熏肉、腌螃蟹、王瓜拌金虾、肉鲊炖雏鸡、腊鹅、羊灌肠、馄饨鸡、油炸烧骨、鸡煎汤、蒸羊肉、榛松糖粥、鸾羹。

糟制菜，也是明代饮食的一大贡献，“糟”既指原料酒糟，又是一种烹饪手法。糟制菜是热制冷吃菜的典型，在北魏贾思勰的《齐民要术》中就有记载，这种做法一年四季都可以做。

糟菜的具体做法是，先用作料来腌，然后卤制，文火慢炖至酥烂，再放入糟缸中焖一天。用这种方法做出来的糟肉肉质软烂，味道鲜美。

相比于宫廷菜，明朝民间的美食更加丰富多彩，这在明代著名白话小说《金瓶梅》中有集中的体现，并且深刻影响了另一部小说巨著《红楼梦》。

乾隆的宫廷菜生活

乾隆是有清一代最著名的皇帝之一，执政时间长且活动范围广，一生热衷于各种文化活动，在大江南北到处题字留诗，晚年更自称“十全老人”，在正史野史上留下了不少浓墨重彩的段子。

虽说其“六下江南”的举动实在有些劳民伤财，却也无意中在中华饮食文化史上留下了的一笔巨大遗产——乾隆皇帝的巡游直接促进了中国南北菜系的大融合，也为满汉全席的形成作了最后的铺垫和准备。

甚至可以说，清代宫廷菜系，往远了说也是中国古代宫廷菜系，最后正是在乾隆时期定型的。

回溯历史，专供帝王御用的所谓宫廷菜，从周代就开始成体系了。据史书记载：当时宫廷菜的主要菜式包括龙肝、凤髓、豹胎等所谓的“八珍”。而周文王特别喜欢吃的一道菜叫做“菖蒲翥”，其做法现在已然无从考据了。

但根据现在可查的一些零星的史料，我们还是能够知道历代帝王的一些特殊饮食爱好的。比如，晋武帝喜欢吃乳羹，宋明帝喜欢吃鱼胰，也就是鱼的内脏。此外南朝的宋明帝还喜欢吃肉酱，且非常贪吃，以致身材肥胖如猪。

而唐代的宫廷菜则以“烧尾宴”为代表，典型的菜点有：小天酥、凤凰胎、鸭饼、生进馄饨等。此外，唐代宫廷菜的一个突出特点是极其诗意，其菜式的名字已经达到了非常高的文化层次和境界。烧尾宴中的

（清）乾隆皇帝朝服像

菜品如缠花云梦肉、遍地锦装鳖、五生盘等，莫不典雅华丽，吃起来想必也会油然生出一种“锦心绣口”之感，这大概与唐代绚烂的诗歌成就直接相关吧。

宋代宫廷最流行的是莲花肉，这名字听起来就像宋词一样优美写意。特别值得一提的是，在当时与宋朝对峙的北方游牧民族王朝流行的菜肴也很具地方特色。

辽代的帝王出身草原，饮食上也有非常浓重的草原风味，当时朝野上下最受欢迎的菜有：草原黄鼠、獾蛇羹等。而在蒙古人建立的元朝，帝王们大多爱食野骆驼蹄、天鹅蛋、鹈鹕肉等，显然更崇尚野味和肉食。

明清两代尤其是清代，中国的宫廷菜系达到了顶峰。到了乾隆时期，其制作手法、菜式丰富程度都开始大融合，并最终基本定型。

可以说，此后的民国乃至现当代中国菜的大体面貌，包括烹饪的方式方法，到现在都没有能跳出清代确定下来的菜系范畴。其中的大部分菜肴，都能在袁枚所著的《随园食单》中看到。

清代宫廷菜的特色主要有三种，第一就是山东菜。原来，北京本地菜是没有太多特色的，自从明代永乐大帝迁都北京后，本地菜才开始大规模融合山东菜的特点，并成为北京菜的主要底色。

第二就是满洲原有的饮食特点。清朝建立后，满族的游牧生活习性被带入关内，起先，宫廷饮食还是以满族喜好的牛羊肉、鸟类等为主。后来，随着汉族文化的影响力渐渐扩大，宫廷御厨又对这些特色食材进行改良，将满蒙回汉各族饮食融合并形成新的特色，创造出了很多佳肴美味，如今天被公认为为北京美食代表的涮羊肉。

第三个特色是苏杭菜为主的南方菜式。这主要得益于乾隆多次下江南。他每到一个地方，当地官员都会举行盛大的接待宴会，每遇到好的菜式，乾隆也会吩咐人记录下来，甚至直接把厨师带走，纳入御膳房任用。

比如，非常受乾隆重用的御厨张东光，原来就是苏州织造府的官厨。话说一次巡幸苏州时，张东光做了一道冬笋炒鸡，乾隆吃后感觉异常鲜香，不由连连赞叹，立即下令擢升张东光，作为御厨随身听用。以后，乾隆每次出巡都会将张东光带在身边，不但让他学习各地美食的做法，并要求其做好记录和整理工作，随时编制新菜谱。

实际上，在乾隆下江南之前，清代宫廷菜是比较单调的，还是以北方民族特色为主，尤其是东北特产的山鸡、野兔、獐子、麅子、鹿、狍子等。

你可能想象不到，清代初期，在冬至或者新年等隆重的节日，皇族吃的一道最丰盛的菜竟然是白水猪肉！吃法很简单，将猪肉煮熟了再切成肉片，没有任何配菜也不加蘸料，的确够豪放。

然而，这也从一个侧面也反映了清代宫廷菜在乾隆下江南之前，还没有融合南北菜式，宫廷菜的菜式仍以满族风味为主，十分单调，烹饪方法也比较原始。

其实，只要用心，看似简单的白水猪肉也可以做成一道令人食指大动的美食。作为一个猪肉爱好者，我也会时不时地煮些白肉吃。我的

（清）徐扬　乾隆南巡图

"秘法"就是：用香菜末、糖、适量花椒末、姜蒜末，外加白开水做成蘸碟，将肥瘦均匀的肉片煮熟边蘸边吃，滋味天然清香，口感非常好。

我的这种吃法与现今一道非常流行的家常菜——蒜泥白肉很相似，只不过蒜泥白肉还是要求以瘦肉为主，以蒜泥作为主要调料。

自乾隆朝以后，清代的宫廷菜开始变得越发考究起来，在鱼类中出现了鲥鱼、比目鱼、鲞（干鱼）等，蔬菜中开始出现荠菜、莼菜、台菜、蕹菜（空心菜）等，均被列入宫廷"十珍"。

老实说，这些食材现在看是太普通了点，但在当时，由于北方并不出产，再加上从南到北运输困难，所以显得非常珍贵。

受近些年铺天盖地的清宫戏影响，很多人潜意识里都会认为乾隆皇所吃的御膳肯定奢侈非常。然而，查查史书，实际情况却叫人大跌眼镜：这位乾隆爷的日常饮食根本算不上奢侈，甚至也不那么讲究，要论起来，在清朝历代统治者中，饮食、起居规矩真正奢侈繁复的当属乾隆皇帝的曾孙媳——慈禧太后。

乾隆亲自拟定的饮食标准是：平时正餐在 10 道菜以内。只有逢着元旦、除夕，或者万寿节（即皇帝的生日）这样大的庆典活动时，御膳才会加到 99 道菜。

一般而言，皇帝的早餐都是比较简单的。根据清代档案资料记载，皇帝每天早上寅时（早 4 点 ~6 点）起床读书，大约快到卯时（早 6 点 ~8 点）的时候，开始进早点。早点通常是糖炮燕窝，即冰糖燕窝用大火炮制一下。

然后，皇帝稍微休息下，随即乘坐銮舆到太和殿上早朝。早朝后，大约在申时（早 8 点 ~10 点）开始用早餐。

为了研究清代宫廷菜，我着实翻阅了不少史料。下边来看看乾隆十九年（1754 年）十月十四日的一份早餐记录，内容颇堪玩味：

主菜：

肥鸡锅烧鸭子云片豆腐一个（这种做法基本上是乱炖）；

燕窝火腿鸭丝一品；

清汤希尔古一品；

拈丝锅烧鸡一品；

肥鸡火熏白菜一品；

三鲜丸子一品；

鹿筋狍肉一品；

清蒸鸡子糊格尔心拈肉一个；

膳传炊鸡一个（这是皇帝特别点的）。

一些小吃包括：

竹节卷小馒头一品；

孙梨额芬白糕一品；

蜂糖一品；

珐琅葵花盒小吃一品；

南小菜一品；

炭腌菜一品；

酱黄瓜一品；

酥油茄子一品；

随送粳米膳一品；

野鸡汤一品。

从中我们可以发现，在菜肴的命名上基本上都是罗列食材，而且满语、汉语混用，食材相对单调，以鸡鸭为主反复做成各种菜式。不过，这些菜品后来也被列入了满汉全席。

乾隆下江南后，带回了很多厨师到宫廷供奉，这些南方大厨不遗余力地创新各种风格的菜肴，不断丰富着宫廷菜的谱系。

例如：张东光开发的燕窝红白鸭子热锅；厨师郑二开发的炒鸡大炒肉炖酸菜，以及烟火红白鸭丝；厨师双林创新的燕窝鸡糕久炖鸭子热锅；厨师庆宝创新的锅烧鸭子赛勒卷；厨师树木勤创新的全猪肉丝等。我们从中也能看出，乾隆是一个鸭肉爱好者。

此外，这几位善于推陈出新的大厨双林、张东光、郑二，也是乾隆巡幸各地时经常带在身边的厨师。

经过一番查找，我又找到了两张乾隆南巡期间的膳食单，是乾隆三十年（1765年）正月十六至四月二十南巡期间的用餐底单。

在此，可以一窥那个时代皇帝的饮食细节。

乾隆三十年正月十八日卯正（午前6点），“请驾伺候，冰糖炖燕窝一品”。

卯正二刻（午前6点2刻），“涿州行宫进早膳，用折叠膳桌摆：皇太后赐炒鸡大炒肉炖酸菜热锅一品、燕窝锅烧鸭子一品、猪肉馅挎包子一品、燕窝肥鸡挂卤鸭子野意热锅一品、橡子豆腐一品、羊肉片一品、羊乌叉烧羊肚攒盘一品、竹节卷小馒首一品、烤祭神糕一品、银葵花盒小菜一品、银碟小菜一品”；另外还有“上传叫冯鼎做鸭丝肉丝粳米面膳一品、鸭子豆腐汤一品”。

未正（午后2点），“上至宫门升座，进晚膳用折叠膳桌摆：莲子八宝鸭子热锅一品、肥鸡火熏炖白菜一品、羊肉他他士一品、莲子猪肚一品、青笋香蕈炖肉一品、水晶丸子一品、奶酥油野鸭子一品”；后送“青笋爆炒鸡一品、摊鸡蛋一品、蒸肥鸡煠羊羔攒盘一品、象眼棋饼小馒首一品、荤素馅包子一品、烤祭神糕一品、银葵花盒小菜一品、银碟小菜一品、咸肉一品”；随送“粳米膳一品、树鸡汤一品，额食六桌：饽饽奶子十二品一桌、内管领炉食八品一桌、盘肉二桌（每桌八品）、羊肉四方二桌、上药饽饽二品、二号黄碗菜二品一盒”。

酉初（午后5点），“上至看灯楼，看花炮盒子，放盒子时随送上用：丰登宝盒一副、元宵一品、三号黄碗膳房筋、茶房叉子”；“看花炮毕，还行宫伺候：煠八件鸡一品、醋溜脊髓一品、火熏猪肚一品、小葱拌小虾米一品、涿州饼子一品”。

闰二月十一日，卯初，“请驾伺候，冰糖炖燕窝一品”；

辰初二刻（午前7点2刻），“虎跑泉进早膳，用折叠膳桌摆：燕窝火熏鸭丝一品、鸡冠肉炖鸡软觔一品（宋元做）、羊肉丝一品、糊猪肉家鸡卷攒盘一品、孙梨额芬白糕一品、蜂糕一品、竹节卷小馒首一品、银葵花盒小菜一品、银碟小菜一品，上传摊鸡蛋一品，随送清蒸鸭子烫膳、粳米膳一品、金银豆腐片汤，额食二桌”；

未正（午后2点），“西湖行宫进晚膳，用叠膳桌摆：燕窝烩糟鸭子一品、燕肥鸡烧狍肉攒盘一品”；后送“青笋爆炒鸡一品、枣尔糕老米面糕一品、象眼棋饼小馒首一品、火熏豆腐馅包子一品、高恒进酥油野鸡爪一品、糟鹿筋糟猪腰一品、银葵花盒小菜一品、银碟小菜一品”；随送“肉丁炒粳米老米膳一品、燕窝芙蓉汤、鸭子豆腐汤一品，额食四桌”。

晚晌伺候“爆肚子一品、燕窝拌鸡一品、青韭鲜虾一品（宋元做）、拌老虎菜一品”。

按照清宫规矩，皇帝每日只吃两次正餐，一般所谓“早膳”，用餐时间约在早 6 点，“晚膳”约在每日下午 2 点。清晨或晚上有时增加一顿点心，不作为正餐。从以上膳单上可知，乾隆帝在南巡期间，仍循此例进食。

话说乾隆的午餐时间相对比较晚，一般是在未时（下午 2 点~4 点），相当于下午茶的时间。这在宫廷内部也叫做“熬茶”，一般是供奉点心为主。如猪油到口酥、猪油酥烧饼、猪油酥火烧、猪油澄沙馅儿酥饺子、

（清）郎世宁　弘历哨鹿图

奶酥油光头、香油蹄酱薄饼，以及香油发面麻花一类的炉食。看来，乾隆也是一个猪油茶点的爱好者，

这么多茶点中，乾隆最喜欢的一味点心是八珍糕。其具体做法是：人参二钱、茯苓二两、山药二两、扁豆二两、薏米二两、炒芡实十二两、建莲二两、糯米面四两，八种材料合在一起磨制成极细的面，然后再加白糖八两，和匀后上笼蒸制而成。

按照规制，乾隆进餐的时候不能与皇后和嫔妃进餐，只能与皇太后一起进餐，但也只是食案摆在一起，而不是严格意义上的同桌——这也直接反映了皇帝唯我独尊的地位。

谈到皇帝和嫔妃的进食规则，我还发现了其中一个很有意思的规矩。现代流行的清宫戏中，皇帝晚间召幸妃子侍寝时，一般都被演绎成“翻牌子”的模式。但据我的考证，实际上，至少在乾隆时期，皇帝准备临幸哪个妃子，是采用“赐食”这种更隐晦也更文雅的方式的。

也就是说，皇帝准备到哪个妃子的宫里过夜，就会在用晚餐的时候，派人送一份到那个妃子的宫里，也就是暗示晚上皇帝会来，让其作好接驾准备。比如，史载：“乾隆三十八年年七月六日，顺妃接皇帝赐膳”。也就是说当天乾隆去了顺妃的寝宫歇宿。

当然，这也是皇帝生活中的一个“小花絮”。

话接上文，由于南北方厨师不遗余力地“融合性”创新，所以，乾隆时期的宫廷菜体系日渐完善，制作水平不断提高。到了下一代嘉庆皇帝登基时，很多有名的大厨也都被保留下来。于是，往后到了慈禧、光绪时代，宫廷菜中专门分出了一个品类，也是很大的门类——“乾隆菜”。

另一方面，乾隆数次下江南无意中也促进了江南菜，特别是淮扬菜的发展。如今的很多江南名菜一说起制作背景，大抵都会有一个乾隆下江南的故事。虽然具体情节很多已无法考证，但大的背景却是没有错的。比如松鼠鳜鱼、铺雪黄鱼、大煮干丝、油泼豆听、鱼头豆腐、虾仁锅巴、叫花鸡等名菜，都属于与乾隆有关的“典故菜”。

说起叫花鸡，大多数人就算没吃过也会听说过。传说，这道菜是明

末清初的江南大才子钱谦益让家厨发掘的，而之后变得天下皆知，其实也与乾隆有特别的联系。传说，有一次乾隆到承德避暑山庄巡狩，一天，他微服出外游玩，临近中午时分经过一个叫做“求翠楼”的酒楼。看到里头人来人往很是热闹，于是乾隆就迈步来到楼上的雅间。一看菜单，乾隆发现其中一个名为叫花子鸡的菜居然要十两银子。他顿时来了兴致，说道：“叫花子吃的鸡也值十两银子，上来一个看看。”

很快菜上来了，只见店伙计先端上来一个精美的青花瓷盘和一个大铜盘，然后又送上来一个大泥蛋子。眼见此景，乾隆惊诧万分，但见跑堂的把泥蛋子在铜盘上用力一摔，泥块碎裂，霎时香味四溢，里头露出一只白里透黄的肥鸡。吃时鸡肉肥而不腻，五味俱全，入口软烂，令人称奇。乾隆登时食欲大开，几乎把整只鸡吃完。

待到酒足饭饱要付账时，乾隆才发现，自己根本就没带银子出来。身为皇帝的他从来没遇到这等尴尬之事，又不好与小民纠缠，于是抬腿就走，跑堂的自然拦住不让走。争执之下，乾隆答应写一幅字送给店里，算作餐费，还说这幅字至少值一千两银子。

乾隆所题的对子气派十足，更将店里的菜品大大夸赞了一番，叫做：“名震塞北三千里，味压江南十二楼”，这副楹联据说现在还在被使用着。

现在，叫花鸡成为了杭州名菜。其起源传说各异、版本不一，却都有一个相似之处：最初的叫花鸡根本没什么讲究，不过是叫花子捡到冻死的野山鸡，用树叶和泥巴把鸡糊上，烧到泥巴开裂，再摔开食用。只不过日后经过饭店和文人雅士的开发后，才成为传统名菜之一。

乾隆时期的宫廷菜很有些特色，首先就是菜名风雅。乾隆酷爱汉文化，一生以风雅自诩，身边的司膳太监和御用文人为了迎合乾隆的喜好，就给菜式创造了许多吉祥华丽的名字，比如凤凰卧雪、龙凤呈祥、宫门献余、雪度寒秋、龙凤赏月、玉狮青松、雪月桃花等，非常有诗意。

第二个特点是原料珍贵，多数食材都是贡品，包括各种山珍海味，可能有些一般人根本就没听说过。比如清汤虎丹这道菜，就是用小兴安岭东北虎的睾丸为主料做成的。具体做法是，先将虎丹用鸡汤炖煨三小时以上，再经过复杂处理，然后切成薄如纸一般的片，摆成牡丹花状装盘。

而明月照金凤也是满汉全席中的一道名菜，其原料是梅花鹿的眼睛（清代美其名曰“明月”，又叫“鸳鸯月”）。具体做法是；去掉鹿眼周围的睫毛和杂物，用手帕包起来，再以六根细竹签顶起，放到上好的鸡汤中煨炖——要求是眼珠不能破，同时又要熟透。待鹿眼蒸熟后取出并改刀，再放入凉鸡汤和鸡蛋羹中蒸制，成形后装盘，用鹅蛋围绕着摆放。这道菜的特点是补血壮阳，味道清透，同时也是清宫著名的养生菜之一。

第三个特点是讲究图案造型，菜品中的食材一般都讲究多种搭配，或者附上各种酿菜。按照清宫的规矩，皇帝是不能吃由单一食材烹制的“寡妇菜”的。所以，御膳所需食材一定要拼合起来制作。

另外，清代宫廷菜十分强调菜品的配色和造型，荤菜都是用素菜做围边配饰，这样不仅看上去色彩斑斓，营养上也能够保证均衡。例如，有道菜叫乌龙追月，其实就是海参围绕着中间的一枚鸡蛋，这“乌龙”就是海参，“明月”则指鸡蛋，看起来爽心悦目，听起来也确实够雅致。

第四个特点是刀工精细，量菜下刀。在刀工上，乾隆时期的宫廷菜十分讲究“量口下刀”，即食材改刀的标准以每一口能吞下为宜。比如，做红烧鱼就用让指刀法，干烧鱼用兰草刀法，酱汁鱼就用菱形花刀，清蒸鱼就用箭头刀法……种种刀法适用于不同的食材，可说是非常讲究。

第五个特点是调味细致，多味复合而层次分明。比如干烧鱼的口味，在清宫档案记载中，其味道要求是“梯子口”——先甜、中咸、后辣，把味道分得非常细。

总体来说，自乾隆以后，宫廷菜已经形成一个非常正规的体系，也为后人的再创新作了很多尝试和积累。

西膳房里花样多

古往今来，宫廷菜可以说是历史最久、规格最高、风味特色最独特的菜系，而在宫廷菜中，尤以清朝的御膳著称，但是在我看来，慈禧太后的西膳房则有过之而无不及。

慈禧太后姓叶赫那拉氏，以秀女身份被选入宫并得到了咸丰皇帝的宠幸，生下了皇子载淳，也就是后来的同治皇帝。话说咸丰帝病死于热河之时，任命了怡亲王载垣、郑亲王端华、户部尚书肃顺等八人为“赞襄政务王大臣”辅佐朝政，年号“祺祥”。

但是，同年慈禧就与小叔子恭亲王奕䜣发动政变，将八名“赞襄政务王大臣”分别革职或处死，改元“同治”，实行垂帘听政，控制了国家大权。同治病死之后，慈禧立养子载湉继承皇位，年号“光绪”，但仍牢牢掌握着朝政大权。

在慈禧太后掌权的 48 年期间，生活可说是非常奢华。当时给皇帝做饭的地方叫做御膳房，御膳房分为五局，分别是荤局、素局、饭局、挂炉局和点心局，每一局都有一个局长，规模非常庞大。

慈禧以太后身份临朝，还不能称为皇帝，于是，热爱美食讲究排场的她另辟了一个私厨，叫西膳房，规格远远超过了御膳房，不仅能制作 4000 余种菜肴，还能做 400 余种点心。

仅从一道菜就能看出慈禧是多么精于美食，这菜上文已有一些介绍。慈禧是中原人，她很喜欢的一道菜叫做清汤虎丹，原料就是小兴安岭东

慈禧太后出行照片

北虎的睾丸，大约有小茶碗那么大，做时把虎丹放在煨开的鸡汤里炖煮三个小时，然后捞出来剥皮，放在调料里浸二小时，用刀切成非常薄的片。东北虎的睾丸上有天然的花纹，这样就能在盘中摆出一个牡丹花的形状，然后蘸碟吃。由于虎丹有很大的膻气，就需要用葱、姜、蒜、醋等调汁来去除这种味道。

现在这个菜已经失传了，主要就是原材料的独特性很值得一说。

任何菜的创意都是传承，我从这道菜中受到了启发，创制了一道清汤牛丹，使用材料为牛的睾丸，做法也完全一样，用鸡汤煮后剥皮切片蘸碟吃，但是我也加入了自己的想法。牛本身有膻味，所以，我在调汁的时候就加入了蒜、花椒、辣椒、香菜、酱油、醋等调料，这样就完全变成了一道川式菜肴，但吃起来还是非常美味的。

这里面放的辣椒也很不一般，是将干辣椒在一个炭火盆里炮制、烤焦后搓成的，带一点炭火的糊辣香。因为我觉得相比虎而言，牛还是一种比较粗糙的动物，蘸着调料汁大嚼一番也更加粗犷。

话说慈禧这个美食家喜欢吃的菜有很多道，清炖肥鸭、烧猪肉皮、樱桃肉和西瓜盅都是她的最爱，这些菜中除了烧猪肉皮以外，都成为了清朝的宫廷名菜。

清炖肥鸭的烹调手段和我们现在炖鸭子的方法差别不大，做法就是把野生的鸭子洗干净，装在一个放满调料的瓦罐里，然后密封，封好之后再将瓦罐放在一个盛有一半水的铁锅里，再将铁锅密封，文火慢煨三天——因为野鸭的肉质非常紧凑，必须炖煮很长时间。三天之后，鸭肉被煨得酥软，入口即化，这时才盛出来供慈禧享用。而盛装肥鸭的器皿也是层层密封的，目的是最大限度地保证鸭肉的甘美——这种美味确实是太难得了。

我也曾经做过一道菜，叫做酸萝卜老鸭汤，这个菜在四川那边非常有名，做法简化了清炖肥鸭的步骤。首先，选择农村吃鱼吃草的土鸭子，除去内脏，将整鸭直接放在砂锅里。还有，砂锅中要放几样比较有特色的辅料：老姜、海带丝和炒过的酸萝卜片。放好后用文火慢煨三个小时，由于有海带丝，这道菜的味道很清香，非常适合在夏天食用。不仅开胃，还能够活血，经常喝此汤对消除肿块有很好的疗效。直到现在，用老鸭汤来清热解毒在农村还很常见。

还有一道菜是烧猪肉皮，这是慈禧年轻时最爱吃的一道菜。它的做法是先把带皮的猪肉切成一方一方的小块，然后再放猪油煎炸，直到煎得那肉上的皮酥脆无比，吃起来那脆声如同“响铃”——写到这里我不禁也馋得流口水!

因为猪肉皮里的胶质有美容的作用，现在的很多女士也都喜欢吃。现代做得比较好的是湘菜里一道叫做小炒猪脚皮的菜，因为猪脚上的皮是活动的，而且要比身上的皮厚，吃的时候就有很大的嚼头。具体的做法是将猪皮去毛，然后在明火上烧糊，用刀在清水里面将表面糊的地方刮掉，直到猪皮呈现出金黄色时，用料酒和姜、花椒在水里煮至九成熟，再拿来炒或者红烧。

说到“活动的肉皮”，慈禧所吃的肉皮也非同一般。首先，选出一头七八十斤重的上好猪崽，宰杀前的三四天开始喂它吃精饲料，宰杀前的三四个小时，派一名小太监拿竹板不停追打这只小猪。这打法也十分讲究，如想吃后臀尖的肉，那竹板就必须落在后臀尖上。一阵紧追猛打后，直到小猪累得跑不动了才开始屠宰。此时，由于全身的精血都集中在竹板落下的地方，因而，这些部位就成为了一块块鲜红的“活肉”。屠夫宰猪的时候，就会把这种猪肉剜出来，作为慈禧御膳的原料。

樱桃肉是慈禧晚年比较喜欢的一道菜，和我们今天说的红烧肉差不多。具体的做法是，将肉切成棋子大小装在瓦罐里，加清水和调味料慢慢煨，这里面加的调味料一般就是香料。然后放上新鲜的樱桃，煮十个小时，这个时候樱桃已经化在水里了，纤维也已经融进了肉里，吃起来就不会腻。

樱桃含有丰富的磷和铁，营养十分丰富，中医上具有祛风湿、疏通血脉、预防喉症的作用。由此可知，慈禧是一个既会吃更懂养生的行家。单看她一直活到 73 岁，就是最好的证明。

现在，樱桃肉在江苏和成都还有，实际上已经变成了现在我们说的红烧肉。之所以还叫做樱桃肉，全在于肉的颜色为金黄色，样子看上去也很像樱桃。但是，现代人已经很少会在做的时候加入樱桃了，因为并不是所有的人都能习惯樱桃的那股果酸味。

我也创造过一道菜，叫做二毛樱桃肉，可以说是樱桃肉的变种。不同的是，我做的是私家菜，出菜快和好吃就是第一原则，所以，在时间上我会节省一些。

这原料要选择猪的后臀肉，因为这个部位的肉有弹性，可以说是肥瘦兼备。具体做法是：把肉切成棋子大小，把胡萝卜也切成棋子的形状，比肉略大。在锅中加一些菜油，将肉下锅爆炒出油，把肉赶在一边，放入冰糖在油里翻炒，然后把肉和糖及香料一起炒，再加入一点老抽上色，最后加胡萝卜和清水，焖上 15 到 20 分钟，中途只需翻一下锅。

这道菜最后盛出来的时候肉是脆的，不管肥瘦都是脆的，因为猪后臀肉的弹性很大，再加上糖的作用，可以说是入口即化。很奇怪的是，这道菜中最抢眼的不是肉，很多时候都是胡萝卜先被人吃光。而且，这道菜非常适合现代家庭生活节奏快的特点——仅需 20 分钟，红烧肉的味道就出来了。

慈禧还常吃一道菜叫做蟹肉酿金针，是把绿豆芽掏空灌馅进去，馅料有海鲜也有五花肉，然后拿来蒸。做这个菜难度非常大，但是这种吃法异常讲究，不由得再一次慨叹：慈禧真的是一个美食大行家！

慈禧爱吃的西瓜盅也是一道宫廷名菜，也是酿菜的一种，也可以说是一道大酿菜。做法是把西瓜切成一半，然后把瓤抠出来，把鸡丁、火腿丁、鲜莲子、龙眼、松子、杏仁、核桃等酿在其中，然后将酿好的西瓜放在器皿里用水炖，待文火慢炖四个小时之后，清纯鲜美的味道自然就溢出来了。

慈禧那个时候是使用西瓜，发展到现在，很多人也包括我自己，都会使用南瓜或冬瓜，也是把瓤挖出来，里面酿上虾、羊肉、牛肉、猪肉、鲜菇、火腿这些食材，蒸上两个小时。

我也尝试过用木瓜和甜瓜，不同的瓜做出来的味道都会不一样。此外，我还使用过番茄，在里面酿上猪肉，做的时候番茄不要扒皮，上桌的时候再扒掉，那味道也是非常奇特，有兴趣的朋友也可以动手一试。

当国家开宴会

“治大国，若烹小鲜”。老子这话说得大气，却也十分在理。

治大国，就像烹饪，无论火候的拿捏，还是材料的选择，都要小心翼翼，对待每一个细节都必须谨慎周到，才能最终达到色、香、味、意、形等诸般要求，而国宴，恰恰体现了这一点。

所谓国宴，是以国家名义举行的最高规格的礼宴，就是“国家的宴会”。国宴一般分为两种：一种是国家元首或政府首脑为国家庆典、新年贺喜等招待各国使节或各界知名人士的宴会，另一种是国家元首或政府首脑为来访的外国领导人或世界名人举行的正式欢迎宴会。

在古书《周礼》、《仪礼》、《礼记》中就有关于国宴的记载。比如，唐朝的“闻喜宴”就是朝廷为新科进士举行的国宴；宋朝则有“春秋大宴”、“饮福大宴”等；元朝时的国宴“诈马宴”通常要举行三天以上；到了明朝永乐年间（1403 ~ 1424 年），“凡立春、元宵、四月八、端午、重阳、腊八日，俱于奉天门赐百官宴”，这也是不同时间举行的国宴。

据清人富察敦崇所著的《燕京岁时记》记载：“立春先一日，顺天府官员在东直门外一里春场迎春”。就是说，在立春前一日，顺天府的官员要在京城东直门外举行迎春礼。而这时，达官、武士都要赴春场跑马比胜负。

到了立春之日，还要设宴吃春饼和菜品，无论高低贵贱，人人都要嚼食萝卜，名为“咬春”——因为萝卜味辣，取“咬得草根断，则百事可做”之意。这个习俗一直沿袭到现在。

正月十五为元宵节，此时朝廷也会设宴，先观灯后开宴，所食珍馐有冬笋、银鱼、鸽蛋、麻辣活兔、塞外黄鼠、半翅鸡、江南蜜橘、冰下活虾等40余种，以及京城本地所产风味食品，如烤鸭、烤猪肉、冷片羊尾、爆炒羊肚等。此外，还有滇南的鸡、五台的天花羊肚、东海的石花海菜、龙须、鹿角等80余种食品。

而明朝的万历皇帝举行元宵宴会时，最爱吃的一道菜是由炙蛤蜊、炒鲜虾、田鸡腿、笋鸡脯、海参、鳆鱼（鲍鱼）、鲨鱼筋、肥鸡、猪蹄筋等共烩一处做成的，其用料之奢华考究可见一斑。

国宴往往以奢华著称，在中世纪的英格兰，就曾有过一场豪华宴会。据史料记载：在这场规模盛况空前的宴会上，游吟诗人的数量，参与者的数量，以及宴会中用菜的数量都多得令人惊讶——这场活动所提供的菜肴总计有3000盘，宴后从餐桌上撤下来的剩肉足够喂饱1万人——这便是1465年9月，在英格兰约克郡的卡伍德为庆祝约克大主教乔治尼·维尔继位而举办的盛大宴会。为了筹办这场宴会，工作人员足足花了好几个月时间。

以下，是这次卡伍德宴会所用食品的清单：

牛104头，野牛6头，羊1000只，小牛304头，猪304只，天鹅400只，鹅5000只，公鸡7000只，乳猪3000只，鸧鹒100打，其余家禽200打，孔雀400只，野鸭和水鸭4000只，鹤204只，小山羊204只，小鸡3000只，鸽子4000只，兔子4000只，麻鸦200只，鹭400只，雉鸡200只，乌橘400只，麻橘100只，白鹭1000只，牡鹿、雄鹿、雌鹿504头，冷鹿肉馅饼103个，热鹿肉馅饼1500个。

如此奢侈的材料，共计制作了41833盘肉，需要62个大厨指挥515个帮工和小厨。不仅如此，在烹饪工具上，还动用了物理学中的滑轮原理：将大锅吊在灶上轮流烹制——可想而知，这场宴会的厨房里面是何等热闹、何等壮观——完全是一场魔幻现实主义场景的绝佳展现。

在清朝，国宴的名目比前朝更多，如“定鼎宴”、“元日宴”、“冬至

充满皇家气派的满汉全席（局部）

宴”、“凯旋宴”、“千秋宴”、“千叟宴”等，主要分为两大席类——满席和汉席，分别由光禄寺和内务府筹办。

满席分为六等：一等席用于帝后死后的随筵，二等席是皇贵妃死后的随筵，三等席用于贵妃、妃和嫔死后的随筵，四等席用于元旦、万寿、冬至三大节的宴席……

此外，还有皇帝大婚、大军凯旋、公主和郡主成婚等各种宴会，五、六等席主要用于宴请从邻邦来进贡的使臣。

汉席分三等和上中席共五类。主要用于临雍宴、文武会试考官出闱宴、实录、会典等书开馆编纂日及告成日赐宴等。据《钦定大清会典》记录：

一等汉席：肉馔鹅、鱼、鸡鸭、猪肉等二十三碗，果食八碗，蒸食二碗，蔬食四碗；

二等汉席：肉馔二十豌，不用鹅，果食以下与一等席同；

三等汉席：肉十五碗，不用鹅鸭，果食以下与二等席同。

而内务府则主办皇太后的圣寿、皇后的千秋、嫔妃的生辰宴会、皇子皇孙的订婚礼宴，以及其他宴会等。如果有更大规模的宴会，就由内务府和光禄寺合办。

无论中国的满汉全席、千叟宴还是上述英格兰的的卡伍德宴会，不论选材、烹饪方式还是菜式，都是奢华至极。看来，古时人们已将国宴看做重要的治国方式之一了。

而现今中国的国宴，在文化传统、民族风情和社会制度的影响下，既有规范的礼仪和格局，又有多彩多姿的席谱和饮宴方式，在国家政治生活中发挥着重要作用。

法国美食家布里耶莎瓦朗曾说过：餐桌上看得到政治的精髓。

饭局其实是“人”的局，如果要疏远一个人，会突然不邀他来参加饭局，一次两次后，这个人要不然就惊慌失措，要不然就会奋起反抗。什么人入局，什么人出局，今儿是个什么局，明儿有什么局……实在是一门大学问，比鸿门宴还要深不可测。

自然，国宴上的美食也是一种屡屡被使用的政治手段。

相较来说，外国的国宴首先特别注重礼节和菜品创意。在国外，国宴通常是晚宴，从晚上 8~9 点开始，无论主人或宾客，服饰均需典雅得体，然后，9~10 点入席进餐，有些像我们现在参加的一些西式商务宴会。

比如，在瑞士，联邦政府主席为招待各国使节举行的国宴，标准都是三菜一汤和一份甜食。在菜式设计方面，在甜点上会装饰有瑞士国旗的图案，蘑菇牛排上会以熊掌做装饰，因为瑞士的首都伯尔尼古称“熊城”。我想，这道菜下肚后，宾客一定会对这个国家有更深刻的印象。

法国菜在西方世界最富盛名，一道名为巴黎牛排油炸土豆丝的菜更被誉为法国的国菜。让我们看看这道菜到底有什么特异之处：这道巴黎牛排油炸土豆丝中所用的牛排讲究半生半熟，肉呈红色，鲜美可口，土豆丝焦熟适度，嚼起来满口生香，风味独特。

法国国宴的另一道名菜烤蜗牛，则是将蜗牛的肉从壳里取出，与葱、蒜、洋葱一起捣碎，佐以黄油调味，再把肉塞回壳内，放入特制的瓷盘在烤箱中烘烤。出炉后肉上还冒着泡，香气扑鼻，令人垂涎欲滴。

在墨西哥国宴中，当然少不了墨西哥人爱吃的主食玉米。其中有一种菜品叫托尔地亚，是将玉米面放在平底锅上烤制成薄饼，类似于中国的春卷。还有一种菜叫达科，就是包着鸡丝、沙拉、洋葱、辣椒，用油炸过的玉米卷，有些像肯德基里卖的墨西哥鸡卷。我感觉这道菜可为川菜所用，玉米的香醇与沙拉、辣椒的味道进行进一步融合，味道应该不错。

法式名菜烤蜗牛

最不可思议的是一道高档的达科菜品，是用蝗虫做馅。还有一道菜叫蓬索，是用玉米泥、鱼、肉熬成的鲜汤。这种汤其实不难做，我们自己家里也可以尝试着熬制。

一些非洲国家的国宴也很有特色，马里外交部招待外国使节的大餐是烤全骆驼。这道菜的口感香酥至极，特点是把骆驼的内脏掏空，然后将一只烤全羊置于骆驼中，后将烤鸡置于全羊之中，再在烤鸡腹中放一只烤鹌鹑，最后，在鹌鹑腹中放一个鸡蛋。这样，客人在品尝时，充满了解谜一般的乐趣，吃菜时就像穿越一层一层的迷宫，然后一点一点找到答案。

第二辑

江湖上吃酒席

江湖吃酒规矩多：洪门酒阵和供神吃喝
江湖吃酒规矩多：袍哥开年会
钟磬宴与民间祭典
猜拳行令下酒菜
谈饮食话风水

江湖吃酒规矩多：洪门酒阵和供神吃喝

清末民初，社会上帮会盛行，而且势力很大，有些地方帮派林立，甚至一个地区帮会数量竟达数百个。此外，不同的帮派有不同的规矩、礼仪，这些规矩和礼仪在举行酒席宴会时表现得更加突出，并且对各地民间饮食风俗有很大影响。

近代中国有三大帮会：洪门、青帮和西南地区的袍哥。这些帮会在联络同志、处理内部事务纠纷时，往往通过特殊规矩的茶阵、酒席阵，让外来者一步步破解。

在这些阵中，需要应对者运用帮会中特有的切口和暗号，以及特殊的手势和熟练应答，几经考验，直到一阵一阵顺利通过才能被认为是同志，否则便会有杀身之祸。

下面，我先拿洪门酒阵作一个引子。

洪门，其实是发源于明末清初的一个秘密组织，其口号即是“反清复明”，组织特点是管理复杂，分纵横两大系统，如在职位名称上有龙头、坐堂、执堂、心腹、巡风到么满的纵列。另外，还有言谈、隐语（切口）、手势等横向系统。在世界范围内，其严密程度恐怕也没有任何秘密组织能望其项背。

例如，洪门徒众到外地堂口办事时，对方会设宴招待，一般是摆五盘菜，造型是四碟菜摆成正方形中间围着一盘菜，而中间的这盘菜是加盖的——这其实就是一个“阵”。来者面对此阵必须先对切口：“四方疆土尽归明，唯有中央未灭清。位列忠良分疆土，兄弟齐心来灭清。”

切口答对，主人点头，来人揭开中间那碟菜的盖子，接过筷子，再对切口：“手持军器剿灭清，大开仓库养洪兵。三军未动粮先用，兵精粮足复还明。”

在念这个切口的同时，来人还需要把手中的一根筷子不停地转动，随后再念：“龙蛇混迹在棹中，世间多少认姓洪。万望义兄查察吓，免令绞乱我兵丁。”

通过这些之后，主人觉得来人有些像本门弟兄了，这才开始敬酒。而来人在喝之前必须再来几句切口：“自入洪门骨肉亲，弟非贪财食肉人。兄今台前来敬我，弟岂忘恩反骨人。”

主人这时会殷勤地劝酒，但这时来人还是不能喝，如果喝了，就会被认为是奸细。来人必需再对：“三宝慈尊坐白莲，五主请你上西天。手持军器扶明主，本地不敢我先食。”

到此，主人基本上可以断定来人是自己人了，随即按顺序送上鸡、鱼等菜。来人仍需再对切口，主人再上菜，再对切口，再敬酒，再对切口……如此下来，一场帮会酒席要对十多次切口，而且每次的诗文都不许有差错。

最后，来人还必须拿起台上的碗压在碟子上，然后再把自己的筷子放在碗上，念：“五人齐手再棹中，高溪庙内是英雄。忠心一点扶明主，个个英洪尽扫清。”

这个切口再念对后，可以确认无疑：来人是同志。这时，来人可以提要求，要钱、要人，要支援，送情报等，这就开始谈正事了。

除了酒阵席，洪门的茶阵也是非常有特色。茶阵的构成要素相当简单：一只茶壶、数只茶杯而已。

茶阵的主要功能有试探、求援、访友、斗法等。试探过程即验明正身的调查过程，同前面讲的酒阵席一样；求援则暗示自己身处险境，寻求帮助；访友是拜访时探查对方是否在家；斗法则是双方相互较劲。

茶阵分为三个阶段，布阵、破阵、吟诗（谣诀）。主要阵势包括：

1. 单鞭阵，用来求救。对方能救的，就直接把茶喝下，如果不能救，则把他倒的茶倒掉，自己倒一杯喝；

2. 绝清茶，阵形为两杯茶上放一杆烟筒，破阵时来者需先将烟筒拿起，再对切口：“两塘有水养清龙，手执清龙两头通。清龙无水清龙绝，调转乾坤扶明龙。”

其余常用阵式还有：“木杨阵”、“四大忠贤阵”、“五祖茶”、“梅花阵”等。

洪门的这种酒阵席、茶水阵，外人看起来会觉得非常怪异。实际上，这是把会、道门中的接头专用诗词和宴席酒令等巧妙地结合在一起，还把反清复明的主张融合其中，展示了精细无比的帮规戒律和礼仪，形式可称巧妙非常，其中的一些规矩现在也有保留。

江湖吃酒规矩多：袍哥开年会

晚清、民国时期，袍哥与青帮、洪门被称为中国三大帮派。其中袍哥比较特殊，主要集中在西南一带，特别是四川地区。

袍哥一说来源于《诗经·秦风》中的诗句："岂曰无衣，与子同袍。"

另一说是在《三国演义》故事里，关羽被迫投降曹操后，不接受曹操的重赏，只收了一件锦袍，但穿的时候却把刘备送给他的旧袍子穿在外面，以示不忘结义大哥的恩义。据此，袍哥组织最早又叫"汉留"。

最初，袍哥的起源、发展与洪门一样，也是出于"反清复明"的政治需求，后来规模和影响力不断增加，逐渐形成了一个有很大影响力的帮会组织。

袍哥组织内每年的节日比较特别，他们最讲究的是过"中元节"，也就是农历的七月十五，俗称"鬼节"、"亡人节"。每年的这个时候，袍哥成员都要身着素服，恭恭敬敬地到"堂口"集合，先祭拜关公，祈求神灵护佑，来年风调雨顺，然后是集体会餐。

整个过程中，会众必须要保持肃穆安静，不能吹口哨、哼小调、打闹、讲黄段子，期间也不能赌钱、烧大烟、嫖妓，更不能放响屁、打饱嗝等，以示对逝者的尊重。

中元节的这顿午饭是素食，食材从简。尤其不能吃葱、蒜、姜等有气味的食品——这些在北方道家认为也属于荤食。摆盘的时候，菜数必须是单数，以喻示“祸事单行”。用餐时，还要给逝者专门摆上空桌子，供以饭菜和酒食。

开饭前，帮会中的“值年大爷”（相当于轮值主席）用食指向空中弹三下，以示敬苍天；再将酒水以弧线形倒在地上，以示敬大地。二者合起来即意味着祈求天、地、人和谐共处，平安幸福。

每年的腊月二十六或二十八是袍哥组织既定的“团年会”，一般在上午举行。这一年一度的年会，其实是在有意的向社会展示其团结、和睦、欣欣向荣。这一天，“码头上”（对袍哥组织的一般民间称呼）要大办宴席，帮会中的成员如没有特殊情况必须全部出席。

这一天，会众早早架起灶台和蒸笼，用炸、蒸、煮、熘等传统手法烹饪地道的川菜，按八大碗、八大盘、八小碗、八小盘的方式布菜，力求丰盛，让兄弟们过足肉瘾和酒瘾。而且，这一天也特别讲求一团和气，讲究感情。“舵把子”（又称舵爷）头戴瓜皮帽，身穿长衫套马褂，脚蹬千层底缎面鞋，头发梳得溜光水滑、一丝不苟。

大家聚齐后，舵把子要先总结一年大事，表扬“操眼”的（四川方言，意为表现得好的），尽说好话，绝口不谈丑事，感谢兄弟，祝福长寿的长辈，同时再申明帮规。讲话完毕后，要燃放鞭炮，然后开始入席。

入席的时候有严格的次序。首先是舵把子、值年大爷、管事等在正堂屋内入座，然后依次按级别入座。这里，我要简要介绍一下袍哥组织的内部组织层级：一般分为五个层级，即头排大哥（舵把子）、闲位大哥、三排（又称三哥、钱粮）、五排、六排。排行中无“二、四、七、八、九”，因为“二”是关羽的排行；“四”是桃园结义中如有赵子龙则为四弟，故虚此席；“七”据说是叛徒的代码，比如《隋唐演义》中瓦岗寨结义兄弟中的罗成，就是排行第七；“八、九”不用则是犯了《杨家将》中八姐九妹的讳。

除了正堂屋舵把子和众位大爷主桌用小酒杯外，其余酒席上都是共用一个大碗盛酒，倒上“烧二哥”酒，大家轮流喝，俗称“转转酒”，现在在四川的彝族地区还流行这种喝法。这种喝酒方法是，能喝的就大口喝，不能喝的就小口抿，不喝酒的表示一下即可，一般不强要人喝酒。

吃菜的时候，要看每一个桌上的尊者动作。尊者不动筷子，则众人不能动；尊者夹那一道菜，则众人要跟着夹那一道菜；尊者说笑话，众人要跟着一起打哈哈。一般是一口酒一口菜，不能自己随便夹菜。

酒过三巡后，舵把子和各位大爷开始挨桌敬酒，先从尊者开始，然后再让每个兄弟实实在在“扯一口“。然后，鼓励大家“吃安逸喝把实”。

其后，每桌要在尊者的带领下，派出代表去主桌回敬舵把子和众位大爷。敬酒的时候，大碗一定要比众位大爷的酒杯低——这个规矩现在已经是酒桌上通用了。

回敬完众位大爷后，尊者开始回敬自己桌上的众位兄弟。之后，尊者发话，大家可以自由“勾兑了”，此时胡吃海喝，猜拳，乱说话不再有禁忌。最后是醉倒一片了事。

虽然是袍哥，但总还有不喝酒的人。这些人自己单独凑成一桌吃饭，没有酒，就敬饭。

与敬酒时的明着敬不同，敬饭是“暗敬”。酒是“恭敬”，饭则是“强敬”。稍不注意，一大块米饭和肉菜就会扣到你的饭碗里，必须吃完，不能浪费。现在西南地区开酒席，还保留有这些规矩，这种种讲究甚至影响到更为广大的地区。

除了中元节和“团年会”，袍哥每年还有几次重点集会，比较隆重的还有农历五月十三的“单刀会”，相传是三国时关羽单刀赴会的日子。这一天，袍哥堂口张灯结彩，大排香案，欢宴会众，广纳宾朋。实际上，这也是袍哥组织吸收新成员的仪式，由引荐人代领，参见恩拜四兄（恩兄、承兄、保举、引进），接受“栽培”，确定“排行”，然后才成为正式的袍哥。

其他袍哥活动，比如“春台酒”、“谈判”等都照例离不开酒席和宴会，有很多细节上的讲究，很多已经深深融入到西南地区的饮食文化中。

钟磬宴与民间祭典

在中国古代的酒席中，还有一些非常特别的仪式，例如春秋时代的“钟磬宴”。

据东晋王嘉的《拾遗记》记载，春秋时宋景公笃信星相，每有星相师来到，就请他们吃钟磬宴，并给他们封官，令其住在高楼上，日夜观察星相，预报吉凶。这钟磬宴异常奢华，其菜品有：桂花蒸野鸭、蜂蜜炖鹌鹑、紫鹊烧乌鱼、兰苏炊米饭等。此外，所用食材还讲究多多，就连宴席上饮用的井水都需要用洁白的绢帛过滤，以求清净甘醇。

而且，在宴会开始之前，还得动用先秦大礼所用的诱食乐器钟和磬——钟磬宴由此而得名。

在民间，为了祈求平安吉祥，窑工每年都会举行祭拜窑神的仪式。其做法具体为：在窑口摆上两张八仙桌，贡一只整猪、一只整鸡，摆上香案，挂上窑神像。这只整猪另外还有讲究：猪头上要留一撮毛，并将其编成小辫状。

待一切准备好之后，大作工（工头）率先磕头，上第一炷香，窑主跟着磕头上第二炷香，窑工接着一个个拜叩上香。然后，窑主邀请所有的窑工大吃一顿。注意，这顿饭只能吃猪头而不能吃猪脚，因为猪头寓意头窑顺利，窑火旺盛；而猪脚预示着炭头多，断砖多，甚至塌窑。

民间还有一种特别的宴席，就是盖房上梁时举办的宴席。在江南地区，盖房上梁时，亲戚们要挑着大米、糕团、茶、酒、肉等赶来庆贺。

药王孙思邈像

木匠则站在大梁上将糕点、粽子、大米等向四周抛洒，一边抛一边高喊："抛梁抛仔糕，子子孙孙中阁老"。下边的众人就涌上去抢食抛下来的食物。

接着，就是吹唢呐，放鞭炮，开宴。宴会后，主人还要向工匠赠送银两、鸡蛋、蜡烛、衣物等——主人这么做是担心工匠在房梁上作祟、搞鬼——传统建筑上梁的时候都要画上符咒，用来驱鬼祈福，如果得罪工匠，他们会在梁上画坏的符咒，以至于危害这家人。

在西南地区，上梁的时候人们会在梁柱上挂红布、谷穗、银毫、笔墨、筷子、日历，分别象征吉利、丰收、富裕、文明、人丁兴旺和永昌。工匠高举糍粑，口念："我放一个金银替大宝"，然后将糍粑沿着红布滑下，主人接住，接着念："我要一个金银替大宝"，跟着将糍粑放入怀中，念："大旺大发，鲁班和主人一样旺"。

最后，主人要酬谢工匠，礼物就是猪头、火把和布匹。同时，还要在梁柱上贴对联，这叫做"暖梁"。

古代中国工商业号称"三百六十行"，每一行都有自己的祖师爷和保护神：工匠行供奉鲁班，命相家供奉鬼谷子，茶行供奉陆羽，皮货行、成衣店、猪肉店供奉关羽，屠户供奉张飞，药铺供奉孙思邈……

而且，每一行都会有特别的祭祀仪式，如祈福消灾、开帮结社、处理纠纷、卜吉占凶、贸易往来等。每一行供奉诸神举行祭礼，必然伴有吃喝宴请。这些供奉仪式，对各地民间吃喝礼例的形成、酒席规矩的影响非常深远，有些则干脆由此演化而来。另外，由此还产生了很多特殊的食品，比如茶食等。

猜拳行令下酒菜

在许多喝酒的男人看来，世界上有三种东西最下酒：花生米、美女和猜拳行令。

这其实也是男人喝酒的三个层次：口腹之欲，情感之欲，争胜之欲。三种最下酒的东西中，猜拳行令最能提高酒量。江湖经验告诉我，如果酒桌上有美女，酒的消耗量能提高一半，如果猜拳行令斗起来的话，酒的消耗量则能提高一倍！

说到这一点，给现在的酒厂提个建议，不妨随酒配发酒令，或者将酒令干脆印在酒瓶、酒盒上，既可以提高酒的文化内涵，也能提高酒的销量。湖南的酒鬼酒厂就开发出了酒鬼花生，这个概念做得特别好。我认为，八大名酒都应该开发出自己独特的下酒菜，如花生米、牛肉干等，但最重要的一定是酒令。

酒令是酒文化重要的一个组成部分，历史非常悠久，大体来说始于周代，盛于唐代，至少有三千多年的历史。

宋代《蔡宽夫诗话》中说："唐人饮酒，必为令以佐欢，其变不一"，"以佐欢"这一句直接点出了酒令的真髓。酒令以酒行赏罚，但它最重要的作用是"佐欢"，也就是活跃酒桌上的气氛。酒桌上往往有很多人互相不认识，或者不熟悉，枯坐对饮就成了集体喝闷酒，酒令一行，可以让每个人都参与进来，情绪调动起来，觥筹交错之间，奖惩嬉笑之间，气氛自然就热烈起来了。

酒令既为“令”，就需要有人来做“司令”。否则，规矩乱了，游戏也就不好玩了。江湖有云：“酒品看人品”，酒令是考验酒品的最好办法。至少在孔子之前的三百年，专职“酒司令”就出现了。《诗经·宴之初筵席》云：“凡此饮酒，或醉或否。既立之监，又立之史。”

这里的酒监、酒史就是行令官。做行令官的人一般是酒桌上的德高望重者，或是不太喝酒的人，为的是头脑清楚，遇事能摆得平。或者选一美女做行令官，那效果肯定更好，遇见美女“酒司令”，男士们就算划拳争得面红耳赤，也会心悦诚服，认奖认罚了。

酒令大体可分为雅令和通令。雅令通常需要“酒官”，由他出诗句，或出对子，其他人按首令之意接续，所续必在内容与形式上相符，不然则被罚饮酒。所以，雅令对诗文修养要求很高，多为文人雅士聚集时所用。

当然，诗文酒令也可以很“俗”。比如，《红楼梦》第28回有这样的情节：贾宝玉和冯紫英、蒋玉函、薛蟠以及歌妓云儿一起喝酒，行酒令。首先云儿唱了一出富有挑逗意味儿的曲子：“豆蔻花开三月三，一个虫儿往里钻，钻了半日钻不进去，爬到花儿上打秋千。肉儿小心肝，我不开

（汉）宴饮百戏图　壁画

了，你怎么钻？”后来薛蟠更是做出了“女儿愁，绣房里钻出个大马猴”那样让人绝倒的“韵文”。

通令就很杂了，包括“猜拳”、“投骰”、“抽签”等。

酒令经过历代演进，形式十分丰富多样，现在的酒令文化反而衰落了很多。唐代是一个酒文化鼎盛的时代，这一点我们从现在的考古发掘也能发现。现代出土了很多唐代酒令筹，有铜制的、银制的，其中名目就有历日令、罨头令、瞻相令、巢云令、手势令、旗幡令、拆字令、不语令、急口令、四字令、言小字令、雅令、招手令、骰子令、鞍马令、抛打令，等。

“猜”是酒令的一大内容，其中又分为“猜谜”、“猜诗”、“猜有无”。猜有无最简单，在唐代叫“藏钩”，即把钱币等小物件放到手里，然后握拳，让对方猜有无或者哪只手里有。

“击鼓传花”也算酒令的一种，规则非常简单，一人击鼓，跟随鼓音，花在宾客间传递，鼓停，传递也停止，花在谁手上则饮酒。击鼓的人也要讲究技巧，节奏要有时紧，有时慢，造成一种捉摸不定的气氛。这是一种老少皆宜的酒令游戏，也因其简单好玩，常用于女宾之间的游戏。

其他的酒令游戏还包括“投覆”、“投壶”、“曲水流觞”等。

这其中，猜拳的对抗性最强，十分考较双方的反应能力，对手势技巧的要求也最高，至今在民间仍非常流行。在古代，猜拳也叫“同数”，也叫“划拳”、“豁拳”、“拇战”，具体就是两人各自用五指对划，每一次出拳凑成的数目等于谁喊的数，则为谁胜。比如，两人猜拳时，一人喊“五魁首”，出三根手指，另一人喊“四季财”，出两根手指，两人凑为五根，则是喊“五魁首”的一方获胜。

猜拳的起源也很早，在唐代已然非常流行。例如，《胜饮篇》中记载：“唐皇甫嵩手势酒令，五指与手掌节指有名，通吁五指为五峰，则知豁拳之戏由来已久。”

随着时代的发展，当代都市的酒馆里已经很少能见到划拳的场面了，但重庆是个例外。在重庆，经常能看到食客在猜拳行令，酒馆里划拳行令的声音抑扬顿挫，此起彼伏，大家也习以为常，可谓别有一番情致。我曾经写过一首小诗来形容重庆：“重庆是一个山高水长、月黑风高的地方。”相比之下，成都人更加豪爽，性子也更辣。

上世纪80年代中期，我从重庆酉阳流浪到成都，与诗人胡冬、万夏、杨黎等喝酒论诗，从此学会了划“三国拳”。迄今为止，我依然认为用三国典故编创而成的三国拳是最具文化内涵的酒令之一，如“单刀赴会”（1）、“二士争斗”（2）、“桃园结义”（3）、“子龙下山”（4）、“五虎上将”（5）、“六出祁山”（6）、“七擒孟获”（7）、“八卦阵图”（8）、“九进中原”（9）、“统一天下”（10）……如此等等，不一而足。

“重庆拳”和重庆火锅一样，起源于码头，江湖气重，可分为“兄弟拳”和“乱拳”两种。兄弟拳有特殊的规矩，其过门一般是“兄弟好，好兄弟”，出拳的时候，除了“零”，不管出哪个数，大拇指都要出现，如果不注意把拇指缩回去了，就算“倒庄”，要罚酒。一般的酒令词为“不出门”（0）、“一定中”（1）、“兄弟好”（2）、“三桃源”（3）、“四季财”（4）、“五魁首”（5）、“六六顺”（6）、“七七叫”（7）、“八百长”（8）、“酒端到”（9）、“全打开”（10）。

乱拳在重庆话也叫“乱劈柴（财）”，过门是“乱就乱啊”，酒令也更富于江湖气，一般是“捏到弄”（0）、“独门冲”（1）、“二麻麻”（2）、“三面红旗飘”（3）、“四月打汤”（4）、“五湖四海”（5）、“六浪浪”（6）、“七妹儿乖”（7）、“八大块”（8）、“久久长”（9）、“全部来帮忙”（10）。

在重庆，喝酒一般是先划兄弟拳，喝到酒酣就换乱拳了。最精彩的是看重庆美女划拳，有时候甚至站起来把一只脚踩到凳子上，拉开架势，尾音悠扬，任你是平常三斤不醉的英雄好汉，那时也会醉倒。

美女、江湖、乱酒拳，醉人的不是酒，而是任逍遥的意境。

谈饮食话风水

中国的风水学说源远流长，在世界范围内产生了广泛的影响，英语中就有个新创的单词“风水”。现代，又有人称呼风水为“环境优化学”或“地球磁场与人类关系学”。

中国风水以“观形理气”为核心理念，把昆仑山当做“祖龙”，脉出八方，再分为五大“干龙”，其中的三支在中国境内。所以，总体来说，中国的大风水格局是以昆仑山为祖的三大干龙体系。

例如，明代刘伯温的《堪舆漫兴》中说：“昆仑山祖势高雄，三大行龙南北中。分布九州多态度，精粗美恶产穷通。”

也就是说，以昆仑山为祖山，又分出北、中、南三大行龙。其中，黄河以北的山系为北龙，大致走向为西南—东北向，大致包括天山、阿尔泰山、祁连山、阴山、太行山、大兴安岭等山川；黄河与长江之间的山系为中龙，大致包括巴颜喀拉山、秦岭、大巴山、大别山、泰山等；长江以南的山系为南龙，大致包括唐古拉山、岷山、大娄山、衡山、南岭、武夷山等。

与山脉形成的“干龙”相对应，江河的流向也形成“水龙”。巧合的是，中国目前的八大菜系，正好和这种风水格局存在奇妙的对应关系。

八大菜系的区域内都毗邻着一派水系：黄河流域—鲁菜；珠江—粤菜；长江上游—川菜；长江下游—苏菜（含淮扬菜、上海菜、无锡菜）；湘江—湘菜；淮河—徽菜；钱塘江—浙菜；闽江—闽菜。

一方水土和气候对于一大菜系的形成是起着决定性作用的，这种决定不仅表现在烹调所需要的食材、水，还包括特殊的调味料。

对于这一点，中国古人很早就有了认识。《黄帝内经·素问》中记载："故东方之域，天地之所始生也。鱼盐之地，海滨傍水，其民食鱼而嗜咸，皆安其处，美其食"。"西方者，金玉之域，沙石之处，天地之所收引也。其民陵居而多风，水土刚强，其民不衣而褐荐，其民华食而脂肥"。"北方者，天地所闭藏之域也。其地高陵居，风寒冰冽，其民乐野处而乳食"。"南方者，天地所长养，阳之所盛处也。其地下，水土弱，雾露之所聚也。其民嗜酸而食胕"。"中央者，其地平以湿，天地所以生万物也众。其民食杂"。

虽然我们跟古人隔了千年，但你能发现，《黄帝内经》中的这段记述和现代人的饮食习俗大致相同——同根同源的传统文化，其实也表现在各地饮食中。

这里，我对湘菜作一个较详细的阐释。

湘菜是以长江支流湘江流域的长沙、衡阳为中心发展起来的特色菜系。此地盛产鱼虾、禽类、辣椒、蔬菜和各种菌类以及野禽野味，做法上，湘菜讲究原料入味，口味上注重辣味、酸味，多用熏、腊，这是湘菜的显著特点。

由于湖南大部分地区湿热，辣椒具有祛湿的作用，而在没有冰箱的时代，熏、腊能使食物容易保存，久而久之就形成了湘菜的基本特点。

中国饮食文化本身具有"遇水而兴，随水流动"的特点。商代的伊尹曾说："凡味之本，水最为始"，就是说烹调美味，首要的条件就是水。

明代李时珍对自然界的各种水做了非常详细的划分，共分为"雨、露、冰、霜、雹、海、河、泉"等四十多种，指出东西南北各种水的不同性质和特点，"如人之美恶，寿夭都不同"，"水因流止，有寒、温、甘、淡、咸、苦之味"。进而论述到，"冬霜甘寒，可以解酒热"，"腊雪甘冷，可延长一切果实不蠹"，"甘泉水甘平"。

李时珍认为，温泉水清热，可以烫涮猪羊肉，熟鸡肉。"地降甘行"，可解一切鱼肉果蔬药毒菌。这里的"地降"，可以理解为地下水，特别是

（清）王士祯书法扇面

暗河水。

清代王士祯说："天泉水淡，故烹菜笃胜，而煮粥不稠"，"甘泉水下，清焦之热，煮饭补阴中之阳"。

讲究美食的人，一定也讲究到当地品尝其特色菜，这里头水土是一个重要因素。同样的食材，用不同的水做出来，味道就不同了。

比如，我们四川老家有条河，上下游几十里，做同一道豆腐煮鱼，必须要用同一条河里的鱼，同一条河的河水灌溉出的豆子，配合这条河的水做成豆腐，这样吃起来味道才最纯正。

所以，地方菜一定要在本地吃的主要原因是"一方水土养一方人"，只有土生土长的人，才能最准确地把握本地菜的做法、内涵。有时候，仅仅是一个小细节处理的不同就决定了味道的巨大差异。

近代以来，中国社会频繁发生人口大迁徙，地方菜也因此纷纷走出本地，在全国各地开花结果。范围是得到了扩展，但水土的纯正性却很难保证了。但讲究的餐馆还是坚持从本地运送食材，用本地厨师，水就用纯净水，尽量降低异地水质对菜品的影响。

"一方水土出一方菜"，长江上游的西南山水孕育了川、黔、湘、鄂等菜系，其风格大体类似。根据这个原则，中国的八大菜系可以再统分为四大菜系：以黄河、长江、珠江为界，分为华北菜系，地域在黄河流域，主要包括河北、山东、河南、甘肃、陕西、山西等地方菜；长江下游三角洲地区，如江苏、浙江、上海等地方菜为华东菜系；长江上游至西南形成西南菜系，包括云南、贵州、四川、湖北、湖南等地方菜；珠江流域则为华南菜系，包括两广、福建、台湾等地方菜。

“有山则采，有水则渔”。另一方面，中国菜系还可以根据地理上的秦岭—淮河一线，再分为南北两大菜系，所谓南稻北黍、南米北面、南鱼北羊等，历来就有明显的区分。

“随水演进”是中国菜系的又一大特点。最典型的是长江流域，比如川菜、湘菜沿着长江水道与上海菜、淮扬菜的互相融合。

人口流动，更具体地说是“官宦阶层”的流动，也是中国菜系形成、融合的另一大动力，比如“鲁菜进京”现象，以及“扬厨遍天下”现象，都与官员有绝大关系。近现代湘菜的崛起，也与湖南人在中国政治中的地位有直接的关系。

风水讲究“人杰地灵”，另一个巧合是，历史上大部分著名人物都出自这八个地方。可见，菜品的味道特色也和各个地方人的性格气质存在暗合之处。

第三辑

知食分子

诗情洋溢美食间
孔子的饮食观：『食不厌精，脍不厌细』
不食人间烟火：道家与药膳
大唐烧尾二十年
诗人请吃粥
饮茶醉水：最是风雅说斗茶
花儿为什么这样『鲜』
《醒园录》：一部被忽略的美食巨著
诗歌是菜，菜也是诗歌
食色双全《金瓶梅》
可以吃的词语

诗情洋溢美食间

楚国大诗人屈原以其灿烂的诗篇感动了无数人。而在我的眼里，除了是文化巨子外，屈原还算得上是“文化美食”的鼻祖之一。

《招魂》是屈原的名作之一，诗中以颇富巫术色彩的语言，缅怀客死在秦国的楚怀王，召唤怀王的魂魄归楚。撇开正统的文学分析，带着调侃的眼光看全诗，屈原其实是在用“连哄带吓加引诱”的方式召唤楚怀王的魂魄。

“魂兮归来！东方不可以讬兮。长人千仞，惟魂是索兮。十日代出，流金铄石兮。彼皆习之，魂往必释兮。”翻译成白话，就是“魂啊回来吧！东方不可以寄居。那里长人身高千丈，只等着搜索你的魂灵。十个太阳轮番照射，金属石头都熔化变形。他们都已经习惯，而你的魂灵一去必定消解无存。”

接下来，屈原又历数南方、西方、北方、天上、地府的恐怖与危险，而只有回到楚国的都城郢，才有宫殿辉煌、美景如画、美女成群。此外，更有诱人的美食：

“稻粢穱麦，挐黄粱兮。大苦咸酸，辛甘行兮。肥牛之腱，臑若芳兮。和酸若苦，陈吴羹兮。胹鳖炮羔，有柘浆兮。鹄酸臇凫，煎鸿鸧兮。露鸡臛蠵，历而不爽。粔籹蜜饵，有餦餭兮。瑶浆蜜勺，实羽觞兮。挫糟冻饮，酎清凉兮。华酌既陈，有琼浆兮。”

这堪称是一篇中国最早的“抒情食单”，以诗歌的形式表达出来，充

现代国画　傅抱石　屈子行吟图

满了强烈的文化气息。

我们来做个假设，诗中提到的这些美食如此具体，说明屈原不一定全会做但至少见过吃过，才能如此娴熟地一一写来。从这个意义上讲，屈原也可算是美食家的级别了。

实际上，屈原在《招魂》中提到的一些美食，其做法至今仍在沿用。比如“胹鳖炮羔”即清蒸甲鱼、烤羊肉；“鹄酸臇凫”即醋溜天鹅和笃野鸭。

“笃”这一做法是用少量的汤或者水来慢慢烹炖，直到现在，中原一代（楚国原来的属地）烹制野鸭还是用这种方式，只不过现在还会加入尖椒、姜、泡椒等调料。

而“煎鸿鸧兮”，即油炸大雁和山鹊，这种方法更常见。

屈原的这份食单太过出名了，以至于深深地影响了唐代的一位大美食家韦巨源，他留下了一本传世之作——《韦巨源食谱》，其中就记录了一些很有文化意味的美食，比如金铃炙、水晶龙凤糕、雪婴儿、单笼金乳酥、曼陀样夹饼、巨胜奴、汤浴秀丸等。

韦巨源身居高位，唐中宗时做到了宰相，在美食方面他则以“烧尾宴”大大出名。

从魏晋开始，中国的官场上就有一种风气，即初登第或升了官的士人，要准备丰盛的酒馔和乐舞款待前来祝贺的同僚及亲友，如果升的官职大，还要宴请皇帝，并向皇帝“献食单”。

“烧尾宴”中“烧尾”一词的含义出自“鲤鱼跃龙门”的传说，取“神龙烧尾，直上青云之敬意”。传说鲤鱼跃上龙门时，一定会遭到雷电袭击，尾巴也会被烧掉，才能变为真龙。升官加爵，自然也像是鲤鱼变天龙了。取名“烧尾宴”，则象征着前程远大，官运亨通。

身为美食家，韦巨源举办的最著名的一次烧尾宴出现在唐中宗景龙三年（公元 709 年）三月。当时，韦巨源因官拜尚书令左仆射，在家设烧尾宴请唐中宗。这次宴会韦巨源可谓精心准备，在 100 多种菜式中精心挑选了 58 款最有特色的家传菜式，被誉为“肴馔丰美，世所罕见”。

这 58 种菜点不仅使用了米、面、鱼、虾、猪羊牛肉，还使用了驴、鸡、兔、熊等食材，堪称唐代美食的代表，其制作水平至今也难以超越。

这次盛大的宴会不单菜品精美，更有意思的是，菜名也非常考究，极具想象力和文化底蕴。58 道菜名铺排下来，是继屈原之后的又一篇优秀的文化食单。

比如，宴会上有一道菜叫雪婴儿，做法是田鸡腿（青蛙）裹豆粉下火锅，除了味道鲜美，起的名字也富有诗意；升平炙是用羊舌配鹿舌拌食，做法一般，但名字绝对很对皇帝的胃口；还有贵妃红（精制的加味红酥点心）、吴兴连带鲊（浙江吴兴原缸腌制的鱼鲊）、甜雪（用蜜浆淋烤的甜而脆的点心）、八仙盘（八只造型各异的剔骨烤鸡）等，都很有文化内涵，而很多菜名本身就是诗。

这次宴会上文化品味最高的一道菜名为素蒸音声部，就是用素菜和蒸面做成 70 多个歌女舞女造型，让人远看上去恍如一群蓬莱仙子，歌舞蹁跹，栩栩如生。这味菜属于“看菜”的一种，可以看，也可以吃。而且，其菜名本身就极富文化韵味：蒸出来的声音、舞姿。想象一下，多么像一首美妙无比的诗歌。

说到看菜，五代有一位法号叫梵正的尼姑，创制了一道名为辋川小样的风景拼盘，用肉、鱼、果、菜等食材再现了唐代大诗人王维所绘的《辋川图》（共二十景），选料多样，荤素兼备，技艺超凡，难度奇高。据历史记载，辋川小样这个大型花色拼盘菜，和韦巨源的素蒸音声部一样，也因造型太过美妙而令人终至于“不忍食”。

唐代的烧尾宴在开元以后就终止了，但其对中国美食文化的影响是非常深远的，我认为直接影响了后世宫廷菜的发展，满汉全席的诞生也

（宋）佚名　夜宴图（局部）

与此有关。

屈原赋予美食以强大的文化内涵，不但促进了后世如烧尾宴等文化菜的发展，更给后世的文人墨客树立了文化美食家的榜样。自唐宋以后，研究美食，把食物诗化，成为很多文人的重要生活方式，比如宋代的苏轼，清代的袁枚、李渔等。

文人墨客的加入，让中国美食文化的底蕴变得更加深厚，很多菜品的文化和象征意义已经大大超过食物本身。

韦巨源的烧尾宴食单在宋代陶谷的《清异录》中有不完全的记载，但没有详述制作方法，这是比较遗憾的。虽然如此，后世的一些美食爱好者还是根据这个食单进行过很多次模拟和仿制，创制出了不少美食。

在实际的菜品创作中，我也曾对部分菜品进行了仿制，由于历史记载太过粗略，也只能摸索着做。但不论是屈原还是韦巨源，他们留给后人更重要的价值在于：提供了一种多元文化美食的理念。受他们的影响，文化菜也是我自己从事美食行业的一个重点经营理念。我也常常会“以菜为诗”，用创新菜品来表达自己的文化思考。

孔子的饮食观："食不厌精，脍不厌细"

孔子是伟大的教育家、思想家，是一代圣人，但抛开这些光环，他也跟平常人一样有七情六欲，对吃喝也很讲究。

在我等贪食后辈看来，孔子也是中国最早、最伟大的美食家，其在美食方面的思想和细致要求，深刻影响，或者说从某种程度上也决定了中国的美食传统，丝毫不亚于其在思想文化领域的影响力。

孔子周游列国，一方面是为了推行其政治理想，推行仁义。但从另一个方面说，这也是一次推行美食思想，发现、体味、重新定义美食的"美食之旅"。

可以说，周游列国使孔子由一个"贪吃之徒"成长为美食家，有了这段经历，孔子才能跨越其出生地美食的限制，有更多机会接触到各地风味，各种饮食风俗，形成自己的美食理念。

其实，不但是孔子，孔子和他的门徒所组成的儒士群体在当时都是以"贪吃"著称的。所以，春秋战国时代提倡节俭的墨家就曾攻击儒家，说他们是一帮"汤食之徒"，翻译成现代语言就是"职业蹭饭的"。

这可不是凭空诋毁孔圣人，岂不见子曾经曰过："有盛馔，必变色而作"。也就是说，遇到饭局必须正经地当回事，正装出席更是必须的。

孔子的美食主张主要记录在《论语》中，特别是《乡党篇》中，总结起来约有 20 多条。最著名的一句就是"食不厌精，脍不厌细"。在我看来，这是中国饮食第一次有了精品意识。现在美食界还在提倡"家常

（宋）马远　孔子像

菜精做，粗菜细做”，这其实和孔夫子的主张是一脉相沿的。

于是，精品意识第一次深入到了饮食中去，有了这种意识，才有了辉煌灿烂、冠绝世界的中国美食的起点。从原料的选择到加工搭配，再到饮食环境的选择，这些无不体现在孔子的理念中。

孔子还对饮食的卫生标准第一次提出了具体要求。他说“食饐而餲，鱼馁而肉败不食”，还说“色恶不食”，“臭恶不食”。这里的“食”指的谷物类的食品，“饐”是气变，“餲”是味变，“馁”、“败”，都是腐烂的意思。这其实是在强调卫生标准，讲究不吃腐烂变质变味的食物，这和现代卫生标准是相通的。但在食物匮乏的时代，能有这样见解，的确非常难得。

孔子还对烹饪的火候提出了标准。他说过“失饪不食”，即火候不对，过或者不够都不吃。还有一句叫做“失时不食”，关于这句话历来有很多解释，这里我要谈一下自己的理解。

食物，无论是动物还是植物都有自己的生长周期，不到时候就吃即是违背“天时”，比如反季节蔬菜等，这都是经过现代科学验证过的。还需要强调的一点是，食用原本不产于这个地方的食物也是一种“失时”。

“时”还有一个要求，即按时吃饭。一日三餐，如果按时去吃，就会很香。而如果不按时吃饭，只吃宵夜不吃晚饭，不吃早饭只吃午餐，不吃晚餐以蔬果果腹等，也叫“失时”。这样吃饭味道肯定不会比按时吃更好，而且还会引起胃病，进而更加影响胃口。

实际上，“时”已经成为中华饮食的一个重要标准。比如，《黄帝内经》提出，日常饮食要符合“四时月令”。仔细回想一下，为什么小时候没有大棚蔬菜，都是吃时令蔬菜，反而感觉特别香？而现在，按照自然生长周期成熟的蔬菜味道依然要胜过反季节蔬菜，其原因也在于反季节生长的东西都是失其“本味”的。

我自己一般是不吃“反季节”蔬果的，这不仅是出于生理上的逆反。比如，冬季卖的那种又壮又鲜的豌豆苗，看起来虽美，吃起来却少了自然的清香，而且总感觉有种“化学”的味道。

《礼记·内则》中提出：“凡食齐视春时，羹齐视夏时，酱齐视秋时，饮齐视冬时。凡和，春多酸，夏多苦，秋多辛，冬多咸，调以滑甘。”

这段话的意思是说调和食物要看四季的气候：食物宜温，羹宜热，酱宜凉，饮宜冷；味道的调配也需遵行节律：春季多用酸味，夏季多用苦味，秋季多用辣味，冬季多用咸味，而且要用滑润、甘甜的调料来调和。这都是对“时”这一概念的深度阐发。

《黄帝内经》还认为：“四时饮食和五脏之气”。后来，民间又演化出很多有关饮食的俗语，比如“早吃好，午吃饱，晚吃少”，“要想寿命延，要减夜来餐”等。

孔子对刀工也有要求，就是“割不正，不食”。在这里，说说我的一次失败经历。腰花是我经常做给自己吃的菜，有一次自己犯懒，让卖腰子的人帮我切花刀，但他把内侧花刀切成了外侧花刀，而且十分粗糙，回去后我有意加大了火候，做了很多补救措施，但做出来的腰花却是又老又臊，全没有了往日的美味——这道菜就是完全败在“割不正”上。

“不得其酱，不食”。孔子要求各类的肉食搭配专门的肉酱，如果肉和酱搭配不合宜，也是不吃的。之所以会有这样的要求，是因为在孔子生活的那个时代，人们烤肉吃得比较多，所以，酱的作用就更加明显，而孔子对味道调和是很挑剔的。

有趣的是，孔子这个两千多年提出的标准居然和如今法国大餐的要求不谋而合。法国菜要求什么菜配什么酒，一般的规矩是红肉配红酒，白肉配白酒。还有一个是烹什么肉就用什么汤，比如，烹鸡肉用鸡汤，烹牛肉就最好用牛肉汤。

“肉虽多，不使胜食气”。这是在说饮食比例和量的控制，这在我们的生活中也有体会，如果是下饭菜，份量不应该超过主食的一半，否则就夺了味，饭菜都不会那么香了。即所谓“五谷为养，五果为助，五畜为益，五菜为充”。

“食不言，寝不语”。这条准则已经被现代科学证实了，其在生理和心理上均有合理性。在吃饭的时候高谈阔论不但不卫生（唾沫横飞），会冲淡食物的味道，而且会很危险。一个著名的例子是民国“财神爷”宋子文，他晚年就是在吃饭的时候因为大笑，被一块鸡骨头噎住致死的。

孔子还对饮具提出了具体要求，他甚至大喊：“觚不觚，觚哉？觚哉？”也就是说酒器不合规矩，就不能喝酒。这虽然有礼制上的要求，但也有其合理之处。比如，现在我们喝啤酒，如果用小酒盅，无疑是会影响口味的。

基本上，孔子的美食思想都可以归结为一句话“食不厌精，脍不厌细”。而孔子美食思想的一个现代体现就是曲阜孔府著名的“孔府宴”。这一菜系融合了宫廷菜、官府菜和民间菜的风味，却又书香气十足，堪称中国美食文化历史的微缩样本。

不食人间烟火：道家与药膳

“不食人间烟火”是道家的一种修炼方式，这种观念对中国的饮食文化产生了非常深刻的影响，其中影响最大的是就是药膳的形成与推广。

道家源流经典之一《黄帝内经》主张“食为性命之基”，并提倡“五谷为养，五果为助，五畜为益，五菜为充”。如果饮食不当，五味不调，饮食亦为疾病之源，主张通过对食物的挑选、搭配，达到修心养性的目的。

这种思想进而发展成道家服用“丹药”的传统。

晋代炼丹大师葛洪在《抱朴子·金丹篇》中说“夫五谷犹能活人，人得之则生，绝之则死，又况于上品之神药，其益人岂不万倍于五谷乎？”

食物固然是好东西，但道家丹药是比食物更好的东西，再往前进就是“不食人间烟火”了。

道教发端于东汉末年，形成于南北朝，盛于唐宋，历时千年，对我国的思想文化影响巨大，这种不食人间烟火的思想自然也渗透入到中华饮食文化的方方面面。

葛洪是道家的重要代表人物，其对“不食人间烟火”思想的形成有重要影响。他就认为；“食金者寿如金，食玉者寿如玉。”

南北朝另外一位道家重要人物是陶弘景，此人又被称为“山中宰相”。他主张“少食荤腥，多食气”。其著作《养性延命录》中提到，吕洞宾告诉前来学道的人，酒色财气四字，一毫不沾，才能具备得道成仙的条件。

道家全真派的创始人王重阳主张“全神锻气，出家修行”。他制定了一整套道士出家的制度，规定道士不得娶家室，斋戒酒肉，并不食“五荤”——对道家饮食风格在其手中被系统化、制度化。

道家的“五荤”（又叫做五辛）是指葱、蒜、韭、薤、芫荽，按说这都是蔬菜，为什么叫做“荤”？道家的解释是：这“五辛”的气味刺鼻，其气上冲于脑可令头晕，故称为荤。对此《康熙字典》解释为：荤，臭菜也，道家所禁，谓气不洁也。

因为“五荤”有刺激性气味，对道士炼气不利。念经时，这种污秽之气容易冲神，而且呼出的气味难闻，让人反感。再就是诱发欲念，容易引发阳动，不利清心炼道。

除了肉食（腥）和上述“五荤”，道家还主张不吃“香食”和“辣食”。因为“香食”让人贪图享受，沉迷物欲，意志昏沉；而“辣食”刺激上火，搅扰清虚，不利修行。如果道士犯了饮酒或饮食荤腥的戒律，按照王重阳的说法是要被驱逐出道门的。

在不食人间烟火的理念指引下，道家一直苦苦追求能令人长生不老的“灵丹妙药”。葛洪说“上药增安命延，升为天神；中药养生；下药除病，能令毒虫不加，猛兽不犯，恶气不侵”。长期服用“上药”和“中药”，可以令人延年益寿。

（唐）吴道子　八十七神仙卷（局部）

其中，枸杞就是一种很为道家推崇的“仙药”。道家传说，千年枸杞，其根形如犬状者，方士称“西王母杖”，所以枸杞又被称为“仙人杖”。道家典籍《续仙传》中记载，有个叫硃孺子的人，幼年开始修道。有一天，他在溪水边看到两只花犬，很觉奇异，就去追赶，但两只花犬跑到枸杞树下就不见了。于是，他掘开泥土，发现枸杞的根与花犬十分相像，便把枸杞根煮而食之，因而飞升上天得道成仙。

（清）王原祁　山中早春图

这一传说到了唐代在民间非常盛行，比如，大诗人白居易就有“不知灵药根成狗，怪得时闻夜吠声”的诗句。另一位大诗人刘禹锡还专门做了一首《枸杞井》诗：“枝繁本是仙人杖，根老能成瑞犬形。上品功能甘露味，还知一勺可延龄。”无不把枸杞视为具有灵异效果的“神药”。

枸杞的地上部分被称为“天精”，地下部分被称为“地仙”、“地骨”。一般以宁夏、甘肃出产的为最好，其功用主要是“滋补肝肾，益精明目”。在中医中，的确有用枸杞治病，特别是治疗男性不育的验方。

道士多居于山中，有条件采取很多枸杞这样的药材做食物，对我国的药膳发展有着几乎是决定性的影响。后来，道家的饮食禁忌逐渐放松，药膳就更加发达了。

仅以枸杞为例，其药膳就有枸杞肉丝、枸杞鸡丁、枸杞蒸鸡、枸杞兔丁、枸杞鲫鱼、枸杞炖羊肉、枸杞猪肾粥等。枸杞羊肉的功效可以治疗男子肾亏和女子经期不调，年老体弱者食之可补充元气。目前，枸杞已经成为中国人认知度最高的具有养生保健功能的“神奇食物”，药酒中几乎全部离不开枸杞，经过当代科技的开发，枸杞已成为一个巨大的产业。

道家还把饮食与人的精神层次联系起来，认为“食草者善走而愚，食肉者多腻而悍，食谷者智而不寿，食气者神明不死”。倡导“欲得生，肠中为清，欲得不死，胃中无渣”，这也成为道家辟谷的理论依据之一。

这里的“气”指的就是大自然的“精气”。但过犹不及，有些人过于追求“长生”，因此沉迷于丹药，也造成了很多悲剧，历史上甚至有帝王因丹药中毒而死的例子。

“名医多羽客，寿星出道家”，道家在炼丹和对“神药”的追寻过程中，大大丰富了中医养生的内容。

与枸杞相似，道家发现的另外一种“神药”是黄精，又名“神仙饭”。因为黄精是植物的根块，含有淀粉，所以可以充饥，同时又有养生的功效。葛洪在《抱朴子》中说：“黄精甘美易食，凶年可以与老小代粮，谓之米辅也”。晋代张华在《博物志》中也写道：“太阳之草，名曰黄精，饵而食之，可以长生”。

唐代大诗人杜甫有“扫除白发黄精在，君看他年冰雪客”的诗句，可见，在唐代时，黄精就被认为是具有神奇功效的食物了。

明代李时珍在《本草纲目》中记载了这样一个有趣的故事：临川有一富户，家中的婢女因为不堪主人虐待而逃进了深山。在寻找食物的过程中，她发现有一种植物的枝叶十分可爱，就挖出其根茎食之充饥。吃后久不觉饿。一晚，她睡在树下，忽然听到一阵风声，还以为是老虎来了，赶紧起身爬上树。但她根本就没怎么用劲，只觉得人轻飘飘地就上了树。此后，她经常以此物为食。上下树时，飘然凌空，状若飞鸟。后被富户家砍柴的樵夫看见，问她是吃何物存活的。她便指了指这种植物，后经采药者辨认，原来这种植物就是黄精。

黄精煨肘子

道家食用黄精有多种方法，既可以当做水果吃、

（宋）梁楷　泼墨仙人图

和面吃，也可用黄精和鸡鸭一起烧制。现在民间还有很多吃黄精的方法，比如，用黄精熬水喝，泡酒，做成药丸；把黄精和猪肉同炖，被认为有补肺的功效；与鸡肉共蒸，补脾肾；黄精和黑芝麻炙烤，可以令白发转黑。

现代医学证实，黄精的确有防止动脉硬化、清润肝脏脂肪的功效，还可以辅助治疗病后虚弱、贫血等疾病。在饮食名菜中，则有黄精猪肘子、黄精鸡、黄精烧鸭、黄精鳝片、黄精粥等。

黄精一般是研磨成粉末食用。比如，在黄精鳝鱼片这道菜中，就是先把鳝鱼片炒熟，然后用黄精粉、酱油、醋、鸡精、芡粉勾成的汁浇上即成。这道菜有补虚神的功效，还有使皮肤光滑的健美功能。

顺便提醒一句，做药膳时最起作用的做法是炖，特别是炖出的汤汁往往最为滋补。

大唐烧尾二十年

前面说屈原食单时，讲到了韦巨源的烧尾宴。因为烧尾宴在美食领域太过出名，在这里还有必要再细加分析。

从唐中宗景龙年间算起，到唐玄宗开元年间止，烧尾宴在唐朝辉煌了 20 余年，这段时间也是唐朝政治最变幻莫测的岁月。

韦巨源当上宰相是在唐中宗景龙年间，他能“烧尾升官”，除了依靠美食讨得唐中宗的欢心之外，还要依靠一个重要人物——唐中宗的皇后韦后。

唐中宗是唐高宗李治和武则天的儿子，可说是历史上最倒霉的皇帝之一：一生两次当皇帝，可在位时间加起来才七年，55 岁就猝死了。

公元 683 年，唐高宗病死后中宗李显继位，但只当了一个多月的皇帝，就因执意要提拔韦皇后的父亲做官，得罪了母后武则天，被废为庐陵王，贬出长安。先后被软禁于均州（今湖北省均县）、房州（今湖北省房县）14 年，期间担惊受怕，受尽折磨，只有韦氏不离不弃，与之相依为命。

（明）武则天画像

所谓患难夫妻，两人的感情格外深厚。为了感念妻恩，中宗曾对韦氏发誓说：“有朝一日我如能重登皇位，一定满足你的任何愿望。”

公元 699 年，李显被武则天召回重立为太子。公元 705 年，武则天病重，宰相张柬之、大将军李多祚等发动“神龙政变”，拥立中宗复位，同时恢复大唐国号。

中宗登基后，果然信守诺言，立韦氏为皇后，又不顾朝中大臣的劝阻，破格追封韦皇后的父亲为王，并让韦皇后参与朝政。

就是在这种背景下，韦巨源依靠大力巴结韦皇后，才得以当上宰相——虽然都姓韦，但这位韦巨源与韦后却并无太近的亲戚关系。

如愿升官的韦巨源自然更加巴结逢迎韦后和中宗，烧尾宴中有道名为生进二十四气馄饨的菜，据记载就是唐中宗最喜欢的菜之一。

馄饨，现在看来是一道再平常不过的主食，但是韦巨源的这道馄饨却大有文章：这是一种用二十四种不同的馅，包成二十四种不同形状、花色的馄饨。

而且，进贡食物的方式也不一样。以前大臣献菜都是将食物做熟后带进皇宫，但是韦巨源的生进二十四气馄饨却只是一个半成品，到了皇宫之后要由御厨加工做熟。现场做熟再吃，那馄饨的滋味自然更加鲜美可口。

馄饨又被称为“抄手”，南方又称“云吞”，是饺子的最初形式。四川有一道非常出名的老字号小吃叫做“龙抄手”，就用了一种特别的烹饪方式：在肉馅中加入了蛋清和花椒水等，而馄饨汤用的是老母鸡、猪肚、猪肘子、猪腿骨煨焖出来的浓汤，自然味道异常鲜美，也因此名闻大江南北。

甜点，是烧尾宴的一大看点，不仅做法考究，点心的名字也是独具匠心，金铃炙就是其中之一，做法是在原料当中加酥油，烤成一个一个铃铛的形状。

另一名点水晶龙凤糕则是用糯米做成米糕，然后用红枣点缀成龙凤的形状。还有一道婆罗门轻高面，现在在广东菜中还能看到，其名称来源于佛教用语，是一种用印度的烹饪方式蒸出来的类似馒头一样的食物，并不是一般人以为的面条。

烧尾宴中，还有一道主食叫玉皇王母饭，其实就是现代盖浇饭的“改进版”，具体做法是在黄米饭上浇上各种佳肴——看来早在唐朝就有类似盖浇饭这样的快餐了。

屈原的《招魂》食单，受地理位置的局限，大部分的食料来源于中原（春秋时期）。但在烧尾宴的食单里，已经开始出现海鲜了，比如光明虾炙，其实就是烤鲜虾，其中所使用的就是基围虾，它的独到之处是烤出来时虾身还是透明的。唐朝时可没有烤箱，要烤到那种精准的程度，对火候的要求是非常高的。

韦巨源坚持不懈的美食贿赂无疑起到了效果。史书记载，唐朝的宫廷名菜有十六个左右，而韦巨源的烧尾宴中就有两道菜被列入其中，一道是五生盘，还有一道叫做遍地锦装鳖。

五生盘其实就是冷菜拼盘，做法是用羊、猪、牛、熊、鹿这五种动物的肉，分别按它们的形象进行加工，然后拼成花盘。

遍地锦装鳖是烧尾宴中最大的一道菜，名字很能给人一种“满城尽带黄金甲”的想象。实际上，这道菜是用羊的网油和甲鱼、鸭蛋黄蒸制而成的，而且周围还加了很多装饰。

说起来，这道遍地锦装鳖很值得美食爱好者作一番深入研究，其做法很具启发意义。

在烹饪上，一般都很忌讳把腥和膻的东西放在一起。而在这道菜里，甲鱼是腥的，羊又是膻的，本是就犯了忌讳。奇异的是，这道锦装鳖烹出来的效果却是既不腥也不膻，反而特别鲜香四溢。这也从一个侧面印证了中国字“鲜”的本意——鱼羊为鲜嘛。

1999年，我在成都创作过一道菜叫鱼加羊等于鲜，就是受了这种烹饪手法的启发。

我的做法是用羊肉片和草鱼片，做成一道麻辣味道的菜，有点像现在的水煮鱼。但水煮鱼的汤是清亮的，这道菜最后做出来是红汤的形式，鲜辣麻香，口味很诱人。

凤凰胎是烧尾宴中的另一道名菜。这道菜是用鱼的胰脏，也就是我们所说的“鱼白”蒸的鸡蛋羹，这里用的鸡蛋可不是一般的鸡蛋，而是用得母鸡体内尚未成熟的“卵蛋”。具体做法是把鱼白剁细，搅拌在鸡蛋里面蒸。

流传至现代，这个菜也叫做鱼白蒸鸡蛋羹，江浙一带有，在川菜的新菜里面也有。做法类似，但用的是普通的鸡蛋，而且名字我认为起的过于直白，不如韦巨源的凤凰胎来的有情调。

还有一道名菜缠花云梦肉，听起来也是诗意缠绵。其做法是，把由很多调料腌制过的肘子煮熟之后，用丝线缠紧，然后用石头压实，吃的时候再切成片上桌。

受此启发，我创制了一道耳边牛肉。做法是：把猪耳朵和牛肉煮熟，卤制到进味后，再把牛肉包在耳朵里面卷好，用细线缠绕，用石头或者重的东西把它压紧，压上一两天，直到耳朵和牛肉融在一起，拿出来切成片，配上蘸碟吃。

曾经独领风骚的唐代烧尾宴，最后终结在一个叫苏瑰的人手里。此人少年才俊，20 岁就中了状元，唐玄宗时被提拔为尚书右仆射同中书门下三品，进封许国公。按照惯例，苏瑰应当举行盛大的烧尾宴以表庆祝。然而，苏瑰却对皇帝进谏说，百姓吃不饱，卫兵也吃不饱，是臣不称职，因此奏请停办烧尾宴。

玄宗采纳了苏瑰的意见，烧尾宴由此离开了唐代政治舞台。

诗人请吃粥

粥应该算是中国人最早的美食了。

古代粥也称“糜”、“饘”、“餬”。《说文解字》解释为：“糜，糁也。从米，麻声。”至今在山东临沂一代，一种玉米做粥还被称作“糁”。另外，《礼记》中也有记载：“饘粥之食，自天子达”。

我们说的成语“养家糊口”中的“糊”的本字应该是“餬”，其实更合本义。

粥是一种半液体的黏稠食物，温和可口，非常适合老年人食用。因为这种特质，至少在周代，粥就被当做“敬老”食品了。《礼记·月令》记载：“仲秋之月，养衰老，授几杖，行糜粥饮食。”可见，古代的粥和几杖一样被当做敬老的礼仪赏赐。

而现在，粥在民间语境中多指代不好的饮食，比如“吃粥噎菜”、“别人吃肉你喝粥”等。但在周代，粥是做为高档食品给王室特供的。《周礼》记载：“浆人掌共王之六饮：水、浆、醴、凉、醫、酏，入于酒府。”这里的“浆人”，就是专门执掌皇帝饮食的官员，而这里“六饮”中“凉”和“酏”都是粥，酏食即薄粥，酏浆即粥汤。

直到唐代，粥还被皇帝用作赏赐大臣的御品。唐人冯贽在《云仙杂记·防风粥》记载：“白居易在翰林，赐防风粥一瓯，剔取防风得五合馀，食之口香七日。”一碗粥吃了能香七天，说得有些夸张了，这其中感激皇恩的心理因素似乎比较多。

然而，不可否认，防风粥的香味确实是特别出名的。清代康有为在他的书法论著《广艺舟双楫·榜书》中还拿防风粥做比方：“《云峰山石刻》体高气逸，密致而通理，如仙人啸树，海客泛槎，令人想象无尽。若能以作大字，其秾姿逸韵，当如食防风粥，口香三日也。”实际上，防风粥是由中药防风草和大米一起煮成的，算是一道药膳，有防治感冒、呕吐、腹痛、湿疹等功效。

古代很多时候是把粥作为祭祀之物的，还有“食粥消灾”的说法。民间也有正月十五吃粥消灾的说法，这一习俗甚至还传到日本，至今在日本仍然盛行。有民俗学家甚至认为，正月十五吃元宵的习俗就是由吃粥而来的：最初人们以粥祭祀，后来逐渐演变成以米做成蚕茧形状的粉团，最终形成了后来的元宵。

巧合的是，古代诗人在咏叹和欣赏美食的时候，被提及最多的恰恰也是粥，如梅花粥、神仙粥、豆粥、茯苓粥、腊八粥等。宋代诗人杨万里有一首诗叫《寒食梅粥》，其诗云：“才看腊后得春饶，愁见风前作雪飘。脱蕊收将熬粥吃，落英仍好当香烧。”

这里的梅花被诗人先看，再熬粥，然后用干花“当香烧”，真是物尽其用，浪漫至极。

这让我想起一位朋友，当代著名诗人张枣《在镜中》一诗中的诗句：“当我想起一生中后悔的事，梅花便落满南山。”自古以来，好像诗人对梅花总是特别有感觉，而梅花粥的名字本身也够诗意，得到诗人们的青睐也在意料之中。

另一位大诗人苏东坡也作词吟咏道：“梦蝶犹飞旅枕，粥鱼已响枯桐。”这里的“粥鱼”就是用木料挖成的鱼形响器，寺庙中黎明召集僧人开饭时，往往会敲击粥鱼。宋代吕渭老还有一首《渔家傲》词，其中有“落月杜鹃啼未了，粥鱼忽报千山晓”的句子，说的也就是这种粥鱼。

另外，“粥鱼”也有“粥鼓”的说法，就是用鼓声来告知僧人吃粥。宋代范成大有诗句“魂清骨冷不成眠，彻晓蹦趺听粥鼓”的诗句，而苏轼也有诗云：“灊山道人独何事，半夜不眠听粥鼓。”

这确实很有意思，粥是僧人的主食，既清淡又能保持营养，很符合佛家修行的需要。但寺庙中难免也有每天就等着“粥鱼”、“粥鼓”响而无心参禅的“粥饭僧”。“粥饭僧”多了，自然难免“僧多粥少”了。“粥饭僧”这个名词最早见于陆游的打油诗《戏题》：“莫轻凡骨未飞腾，要胜人间粥饭僧。山路近行犹百里，酒杯举一必三升。”

梅花粥为什么在宋代如此流行？这可能与当时时代的气质有关，宋诗、宋词中多月亮、落花、流水等阴郁婉约的意向，与唐代诗歌中大漠西风的英雄气质迥然相异。

另外，梅花粥有疏肝理气、降压的功效，可能正好迎合了宋代文人抑郁、多愁善感的心态，所以在士大夫中非常流行。

而在所有的粥当中，最出名的莫过于腊八粥了。腊八粥应当起源于宋代，在明代进入了宫廷食谱，至今已成中国民俗。无论贫富，每户人家在农历十二月初八这一天都得喝一碗。

清代文人顾寸田有首《腊八粥歌》，其中有“獐牙之稻粲如玉，法喜晓来炊作粥。取材七宝合初成，甘苦辛酸五味足”的句子。宋代张耒则有《粥记》云：“每晨起，食粥一大碗，空腹胃虚，谷便作，所补不细，又极柔腻，与脏腑相得，最为饮食之良。”

陆游根据张耒的《粥记》有所生发，做《食粥》诗一首：“世人个个学长年，不信长年在目前。我得宛丘平易法，只将食粥致神仙。”这首诗现在还经常被一些粥铺店引用，挂在墙上作为招贴。

在诸多的粥谱中，有一种神仙粥颇为古人所推崇。其做法是：山药一斤蒸熟，鸡头米半斤，煮熟去壳，捣为末，入粳米半升，慢火煮成粥，空腹食之。食粥后，饮三杯热酒。

清人褚人获在《坚瓠集》中有这样的记载：“神仙粥专治感冒风寒暑湿、头痛骨疼，并四时疫气流行等症。初得病两三日，服此即解。用糯米半合，生姜五大片，河水二碗。于沙锅内煮一二滚，次入带须大葱白五七个，煮至米熟，再加米醋小半盏，入内和匀。趁热吃粥，或只吃粥汤，即于无风处睡以出汗为度。此以糯米补养为君，姜葱发散为臣，一补一散，而又以酸醋敛之，甚有妙理。屡用屡验。非寻常发表之剂可比也。”

神仙粥如此神验，没准可以用来抵制现在泛滥的甲型流感呢。

食粥的好处多多，宋代的张耒总结为“食粥五利”：“善除饥，除渴，消宿食，使大小便调适，除风患。”

在中国，各类粥品之多种多样当真是不可胜数，唐代昝殷有《食医心鉴》，收粥品57种；宋代官修的《圣济总录》收录113种；《太平圣惠方》收录129种；明代李时珍《本草纲目》中也收录62种粥；清代黄云鹄著《粥谱》专书，收录的粥品多达247种，可谓集粥之大成者。

发展到今天，又出现了粥底火锅等各种新鲜做法，城市里各种粥铺也非常盛行，成为流行的养生、休闲食品。

在做法上，粥还是有些讲究的。做粥要先武火，再文火慢熬，或者干脆用文火细细地熬制，有些粥的熬制时间短则数个小时，多则一昼夜，所以也有“人熬粥，粥熬人”的说法。

粥熬好后，最好盖上盖子，先冷却一下再食用。这样做有两个好处，一是可以降低温度，适合食用；二是让粥形成“粥油”，即粥面上浮着的那层油亮的东西，那才是粥的精华所在，食补效果最好。而一些不知道的人，往往把这层“粥油”撇掉，实在非常可惜。

我常常在家用三分之二的小米和三分之一的粳米合在一起做小米粥。有时也往粥里加一些鲜瘦肉末、葱花和少许盐，这就成了葱花瘦肉粥了。然后，再炝炒一盘涪陵香脆榨菜，就两个刚出笼的热馒头，那滋味鲜咸中有滑烂，清淡中有清香，可不是比神仙粥更“神仙”的无上妙品？

饮茶醉水：最是风雅说斗茶

大约七、八年前，我在成都开过茶楼，而且开得很成功，积累了很多关于茶的心得。在此，写下来与爱茶人共品。

茶叶起源于中国，繁盛于中国，可以说茶香早已深入中国人的骨子里，饮茶也早已成为一门博大精深的文化，其中最值得一说的就是“斗茶”。

中国古人喜好以“斗”取乐，如斗鸡、斗狗、斗蛐蛐等。斗鸡在唐代兴盛一时，斗鸡斗得好，可以升官发财。唐玄宗时的“神鸡童”贾昌就让很多读书人恨得牙痒痒，写了不少诗歌来讽刺他。而斗狗、斗蛐蛐至今在民间仍很流行。但在这些“以斗为乐”的娱乐项目中，我认为，斗茶是文化层次最高也最风雅的活动。

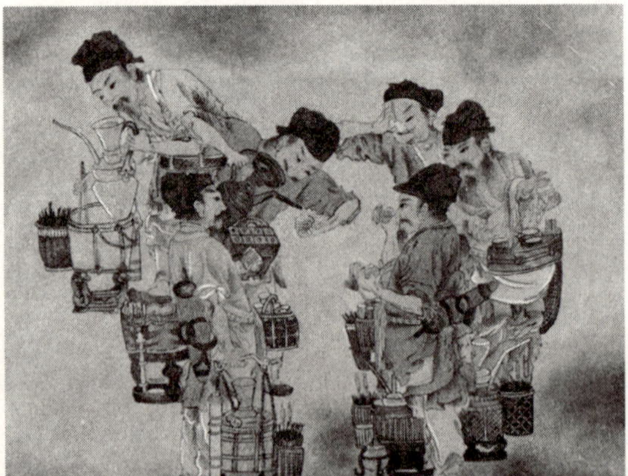

（宋）刘松年　斗茶图

（元）赵孟頫　斗茶图

至少在三千多年前，我们的祖先前就开始栽培茶树了。但在唐代以前，汉字里是没有“茶”这个字的。一般而言，唐以前的古人是把茶当做一种苦味野菜来对待的。在我国最早的一部字书《尔雅》中，称茶为“苦荼”。注释中说：“荼，树小如栀子，冬生叶，可煮作羹，今呼早采者为荼，晚取者为茗。”

所以，直到今天人们也把茶叶叫做茗茶。

在长沙马王堆汉墓中的陪葬清册中有“槚一笥”的竹简文，按照《尔雅》的记载，“槚”也即荼，也就是后世的茶。西汉的王褒在《僮约》一文中有“烹荼尽具”、“武阳买荼”的句子，说明当时茶已经开始进入普通人的生活，并且还有了茶叶贸易。

唐代是中国茶真正勃兴的时代。被后世尊为“茶圣”的陆羽在《茶经》中改荼为茶，开宗立派，把茶的饮用提升为一种独立的饮料和文化活动。到了宋代，茶文化已经非常发达，饮茶成为上至宫廷、下至百姓的全民活动。这时，也出现了“斗茶”这种精彩的竞技活动。

如今传世的有一幅宋代《斗茶图》，画中人物生动逼人，透过画卷就

（明）文徵明　林谢煎茶图（局部）

能看出当时的“品茶精神”。宋代又是中国文化臻于高峰的一个时代，文人士大夫竞相以饮茶、品茶、斗茶为乐，至此，茶乃与美食平起平坐，也成就了饮食文化的一代华章。

如宋人唐庚在《斗茶记》中说道：“政和二年三月壬戌，二三君子相与斗茶于寄傲斋，予为取龙塘水烹之第其品，以某为上，某次之。”《大观茶论》则云：“天下之士，励志清白，竟为闲暇修索之玩，莫不碎玉锵金，啜英咀华，较筐策之精，争鉴别裁之。”

斗茶就是对茶叶的味道评高低，对水、器具、烹制方法都有严格的要求。主要看茶面汤花的颜色以及均匀程度，盏的内缘和茶的相接处有没有相接的痕迹等。这其中的关键，一是茶要好，二是水要好，还有就是火候的把握。

斗茶过程中，“点茶”特别重要，就是用烧开的水点汤，然后是去浮，一边点茶，一边用茶锨不停地旋转击打茶叶，让茶水泛起汤花儿。一般的茶馆也经常举行斗茶活动，作为奖赏，获胜者可以获得上好的茶叶。

在出产贡茶的地方，斗茶更成为当地人的一个节日，每年举行非常盛大的斗茶庆典。范仲淹有一首《和章岷从事斗茶歌》的长诗，其中有“黄金碾畔绿尘飞，碧玉瓯中翠涛起。斗茶味兮轻醍醐，斗茶香兮薄兰芷”的诗句，就分别写到斗茶的四要素：斗形、斗味、斗香和斗色。

这首诗的最后还写道：“长安酒价减百万，成都药市无光辉。不如仙山一啜好，泠然便欲乘风飞。君莫羡，花间女郎只斗草，赢得珠玑满斗归。”从中可见茶在当时的崇高地位。

说到与茶有关的诗文，最出名的当属唐代卢全的《七碗茶歌》，其诗云：“一碗喉吻润，二碗破孤闷。三碗搜枯肠，惟有文字五千卷。四碗发轻汗，平生不平事，尽向毛孔散。五碗肌骨清，六碗通仙灵。七碗吃不也，唯觉两腋习习清风生。蓬莱山，在何处？玉川子乘此清风欲归去。”在这儿插一句，这首诗也被日本茶道师奉为圭臬。

陆羽在《茶经》中说“唐茶贵红”，到宋代则是“贵白”。茶色白，最适合用黑盏，所以在宋代黑茶具很多，也有青白瓷盏。

斗茶除了茶的质量之外，决定胜负的最关键因素就是水了。因此，选水也成为一门专门的学问。陆羽在《茶经》中已经提出：“煮茶之水，用山水者上等，用江水者中等，井水者下等”，但这还不够具体。

唐代张又新在《煎茶水记》中干脆将水的产地具体到了某地某泉：“庐山康王谷之水帘第一，无锡惠山泉水第二，蕲州兰溪之石下水第三，峡州扇子山下之石水第四，苏州虎丘寺水第五，庐山招贤寺下方桥之潭水第六，扬子江之南零第七，洪州西山之西东瀑布水第八，唐州桐柏县之淮之源第九，庐山龙池山之顾水第十，丹阳观音寺水第十一，扬州大明寺水第十二，汉江金州上游之中零水第十三，归州王虚洞下之香溪水第十四，商州武关西之洛水第十五，吴淞江水第十六，天台山西南峰之

（明）刘松年　斗茶图

千丈瀑布水第十七，郴州之圆泉水第十八，桐庐之严陵滩水第十九，雪水第二十。”

这其实就是给当时天下的水排了座次。其中，张又新强调的一个泡茶用水的原则是：当地的茶最好用当地的水冲泡。

“煎茶水”这门学问到了宋代又有发展。宋代斗茶盛行的结果是出现了一种“超级水”，传说这种水一用，则斗无不胜——这就是“竹沥水”，即竹竿中天然存储的水。对此，沈括在《梦溪笔谈》中记载说，闽南山中有茂密的竹林，竹竿中有水，剖竹取水，用以煮茶，味道绝佳。

这有一则故事说，宋代名相蔡襄酷爱茶道，著有《茶录》传世。他和苏舜臣经常斗茶，由于他财力和官位都远胜于苏，能得到上好的茶叶，故而斗茶的结果多是蔡襄赢。有一次，苏舜臣主动找蔡襄来斗茶，显得志在必得，而当日斗茶的结果也是苏舜臣赢了。蔡襄为此很是诧异，后来得知，苏用的是浙江天台山竹林的竹沥水，而蔡襄用的是传统的惠山泉水——虽然蔡襄的茶叶比苏舜臣的好，但斗茶的结果还是略逊于苏，这其中水起了关键作用。

这次斗茶的结果很快被京城的人知道了，于是，人们竞相从天台山采集“竹沥水”密封在银罐中，再千里迢迢运到京城，以供斗茶之需。

后来，竹沥水逐渐消失在人们的视野中。直至2009年，有人在贵州的深山中再次发现了竹沥水——这可是爱茶者的福音！我推测，竹沥水泡的茶之所以清香无比，原因除了水经过竹子的天然过滤，非常干净之外，还在于带有竹子本身的清香，可以增加茶的香气。

另有一则故事说，王安石曾拜托苏轼给他带一些巫峡的水泡茶用，结果苏轼路过巫峡时却忘了，船到了瞿塘峡才想起来，于是赶忙打了一瓮江水。待回京将水交给王安石后，他一喝便说苏轼骗他，说这是下峡水，不是他要的中峡水。苏轼很诧异，问他原因。王安石说：“上峡之水性急，下峡则缓，惟中峡水缓急相半。太医以为老夫此病可用阳羡茶治愈，但用上峡水煎茶味太浓，下峡水煎则太淡，惟有中峡水适中，恰到好处。如今见茶色半晌才出，便知是下峡水了。”

这当然是不可细考的说法，但泡茶所用之水的确非常重要，否则会

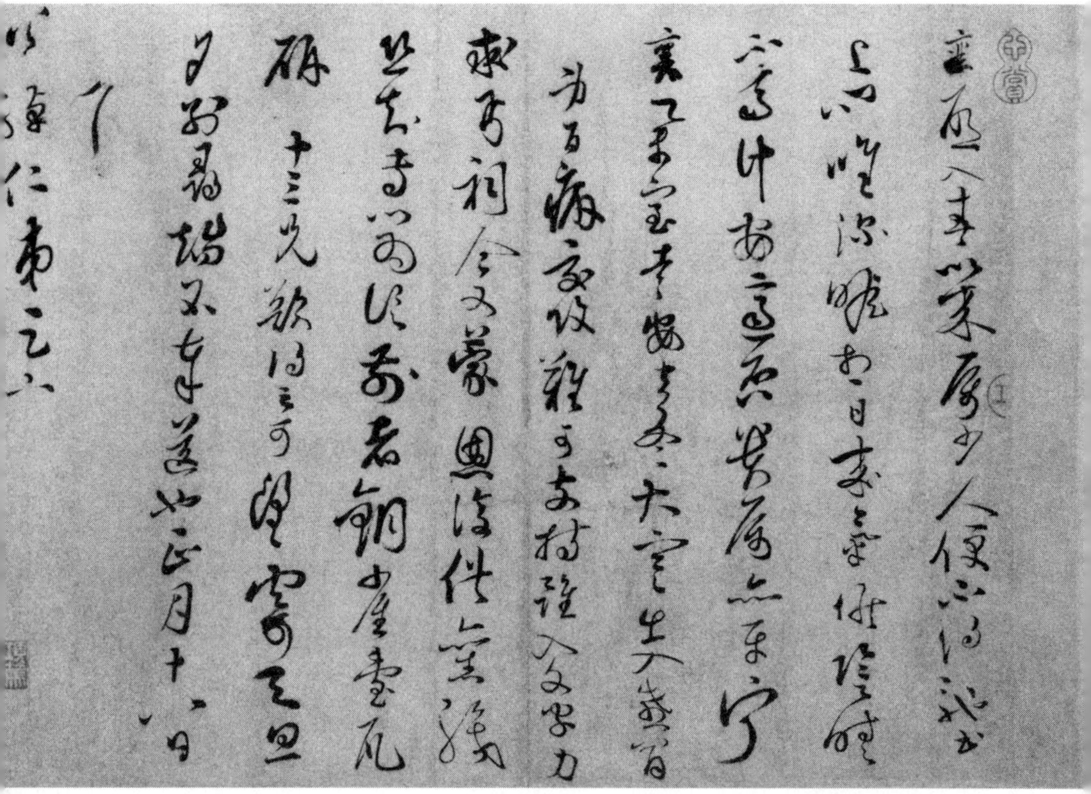

（宋）蔡襄书法

辽代壁画　斗茶图

坏了好茶，也坏了泡茶者的心情。

根据我的经验，泡茶最好是用当地的茶叶配当地的山泉水，因为地质条件相同，很能得其原味。比如，泡龙井茶最好用当地虎跑寺的泉水。如今人们大多生活在都市中，没有了这个条件，那最好用纯净水，相对来说要地道些。

春日饮新茶，正得其时，平日温雅的爱茶人不妨一起狂饮，醉一回茶又如何？

花儿为什么这样“鲜”

草长莺飞，山花烂漫，是人们对春天的标准想象。

花，是千古文人吟咏的主题，更是诗人笔下最销魂的句子：“落花流水春去也”，“无意苦争春，一任群芳妒”……从古至今，一首首吟咏鲜花的诗词，都堪称绝唱。

然而，你是否想过，鲜花不但是醉人的美景，有着扑鼻的软香，更是可以入口的珍馐美馔？

鲜花入馔，真可谓色香味俱全。

中国古代早有鲜花入馔的传统，如屈原的名句“朝饮木兰之坠露兮，夕餐秋菊之落英”等。《吕氏春秋 · 本味篇》则记载：“菜之美者，昆仑之苹；寿木之华；指姑之东，中容之国，有赤木、玄木之叶焉；余瞀之南，南极之崖，有菜，其名曰嘉树，其色若碧；阳华之芸；云梦之芹；具区之菁；浸渊之草，名曰土英。”

其中，“寿木之华”翻译成现代文就是“寿木上的开的花儿”。可见，春秋战国的时候古人已经开始把植物花卉做菜来食用了。后来，有关鲜花入馔的记载就更多了。

宋代林洪的《山家清供》比较集中地记载了很多鲜花美食，入馔的鲜花有十多种，比如梅花粥、蓬糕、雪霞羹、广寒（桂花）糕、金放、荼蘼粥、牡丹生菜等。

到了明清时代，鲜花入馔在文人雅士中已经非常流行了。

（明）唐寅　梅花图

明代大文人高廉在《遵生八笺·饮馔服食笺》中记载了一道典型的“鲜花菜”——暗香汤的做法：“梅花将开时，清旦摘取半开花头，连蒂置磁瓶内，每一两重，用炒盐一两洒之，不可用手漉坏，以厚纸数重密封，置阳处，次年春夏取开，先置蜜少许于盏内，然后用花二三朵置于中，滚汤一泡，花头自开，如生可爱，充茶香甚。”

另外，《饮馔服食笺》中还记载有金雀花、紫藤花、茉莉花、栀子花等鲜花的做法，看起来已经非常成熟了。比如，茉莉汤的做法是：“将蜜调涂在碗中心，抹匀不令溢流。每于凌晨采摘茉莉花二三十朵，将蜜碗盖花，取其香气熏之，午间去花、点汤甚香。”那味道自然也是“香美异常”。

花儿的入馔方式是多种多样的。例如，高廉用茉莉花来做汤，而在清代顾仲的《养小录·餐芳谱》中，茉莉花的嫩叶则同豆腐炖食，其食用范围已经从花蕊扩展到了嫩叶。

明代的王象晋著有一本《群芳谱》，其中除了叙述各种鲜花的色彩香味特性外，也着重介绍了各种鲜花的饮食价值：

芍药花：“春采芽或花瓣，以面煎之，味脆美可以久留”；

玫瑰花：“采初开花，去其橐蕊并白色者，取纯紫花瓣捣成膏，白梅水浸少时，顺研，细布绞去涩汁，加白糖，再研极匀，磁器收贮任用，最香甜。亦可印作饼。晒干收用全花，白梅水浸去涩汁，蜜煎，亦可食”；

萱花：“采花入梅酱。砂糖可作美菜，鲜者积久成多，可和鸡肉，其味胜黄花菜。彼则山萱故也。”

这里的萱花，就是我们今天常吃的黄花菜，又称“金针菜”、“萱草”、“忘忧草”。萱花在古代常用来比喻母亲，是中国最古老的“母亲花”。而对母亲的敬称“萱堂”，也由此而来。由于萱花在饮食中的流行，现在已经成为一种大规模种植的经济作物了。

萱花不但味道香芬，且有着很好的药用和营养价值，在古代又被称为“宜男草”。古人认为，已婚女子佩戴萱花可以多生男孩，寓意“多子多福”。而在物质匮乏的年代，黄花菜炖母鸡这道菜对产妇来说就是最好的食物了，不但可以增加营养，也有催奶的效果，其做法与一般的炖汤一样，只是烹制时不加盐和刺激性调料。

另外，黄花菜炖干鱿鱼则是典型的药膳了，具有利胃健脾、生津解渴的功效。

玉兰花花瓣肥大，有补中理气的作用，也是常常用来入馔的鲜花。清代徐珂《清稗类钞·饮食类》中记载了一道玉兰片瑶柱汤的做法：“取玉兰片浸久切片，以江瑶柱若干入碗中，加水及绍兴酒少许，蒸透，取出撕碎，与玉兰片同盛一锅，加入浸玉兰片之清汤及盐一撮，煮透即成。”

（清）李鳝　菊花图轴

而最早进入名点系列的鲜花美食当属梅花汤饼，这道菜据说是宋代一位隐士发明的。具体做法是用白梅花、檀香木一起浸水，和面，用模具压成片状的梅花状，再加鸡汤煮熟，其成菜形美、味鲜，还有梅花的清香。有诗句专门咏这道菜曰：“恍若孤山下，飞越佛西湖。”

这道菜后来已经基本失传，但我觉得当代人可以将其复制。它的制作并不麻烦，而清新脱俗，口味清爽，也适合现代人因食荤过多转而寻食素的需求。

菊花也是最常见的鲜花美食之一，古人认为菊花“服着长寿，食之通神”。现代流传下来的菊花名馔当属七子菊馔，是为纪念“建安七子”而创制的。

“建安七子”，即汉末七位著名的才子：孔融、王粲、刘桢、陈琳、阮瑀、应玚、徐干。据记载，这几位大诗人一年四季都在食菊，所

天下盐招牌菜之一：一剪梅

天下盐招牌菜之一：鲜花盛开

谓“春食苗，夏食叶，秋食花，冬食根”。

通常，烹饪讲究色、香、味、形、意、气。其中的香可分为酱香、辣香、蒜香、豆瓣香等。但是，有一种幽香却是从季节深处飘过来的，是最高层次的天然香味，只有用花卉才能表现出来。

所以，鲜花入馔的第一大特点正是取其幽香，还有一个就是色泽，再就是意味，凡三者均可出奇制胜，令一道菜瞬间变得与众不同。

比如，《山家清供》中的一道名菜雪霞羹，其做法就是取花色灿烂的芙蓉花，加入嫩白的豆腐做成汤，宛如雪后晚霞的风景，色泽绚烂，味道香嫩，配上这如诗如画的名字，真正是顶级的美食享受。

在当代的鲜花创新美食中，我吃过一道比较特殊的，是大董烤鸭南新仓店创意的一品冰花玫瑰燕，是采用高科技分子技术把玫瑰汁做成鱼子状，令其可口且富有弹性。具体做法是：先把燕窝蒸熟，再倒入玫瑰鱼子，上桌时再配以鲜玫瑰花瓣，色泽鲜艳，味道爽滑。

我自己则创意过一道菜叫鲜花盛开，是用五花肉剁成肉茸，和虾滑做成馅，配上红酒和玫瑰汁，酿在鲍鱼里，一起蒸熟。上桌的时候，再配上干的玫瑰枝，装在专门烧制的画框状陶瓷盘中。

这道菜一上桌，就像一幅色彩亮丽的图画：鲍鱼好似一朵娇艳的玫瑰花，周围搭配着真的玫瑰花瓣，看来就是一朵盛放的优雅玫瑰。这道菜不但创意非常精致，味道也十分独特，尤其适合情人谈情说爱时享用。

《醒园录》：一部被忽略的美食巨著

2010年，北京的春天有些姗姗来迟，乍暖还寒时节，我应了一帮诗人朋友的邀请，去四川罗江参加诗歌节，顺便也想重温巴蜀阳春的暖意。

没想到，此次罗江之行却有一个意外收获：重新认识了堪与袁枚比肩的清代美食家李化楠、李调元父子，及其美食巨著《醒园录》。

李化楠是四川罗江人（现属德阳市），乾隆七年进士，其子李调元是乾隆二十八年进士。李化楠做过浙江余姚和秀水的县令，宦游江南多年，见识、创意了很多美食，以浙菜、粤菜为主，并和川菜融合，最早开创了“江南菜川做”、“川菜江南做”的风气。其著作《醒园录》也可称为历史上最早的江南菜和川菜融合的书面记载。

说到菜系的融合，这里我想再强调一下：中国的菜系往往跟着水系走，每条大的水系旁必然形成大的菜系。而川菜和江南菜同属于长江水系，其融合也符合这个规律，或者说两者融合会更加容易些。

而历史上；跨流域跨水系的菜系融合则不太常见，或者难度比较大。比如，长江上游的川菜和淮河流域的徽菜，融合就比较少。而川、湘、浙菜的融合则比较多，这一点现在也可以从街上餐馆的风格看得出来，现在已有很多餐馆川湘菜不分了。

《醒园录》分为上下两卷，主要由李化楠记录，其子李调元增补并最终印制传世。李调元在《醒园录》的序言中说：“先大人（指李化楠）至于宦游所到，多为吴羹酸苦之乡。厨人进而甘焉然者，随访而志诸册。

古画　宴饮图

不假抄胥，手自抄写，益历数十年如一日矣。”

现存的《醒园录》成书中记载了120多道菜式，上卷主要记载荤菜的做法和保藏方法，下卷主要记载糕点、蔬菜、酱菜、饮品、乳品、蛋品的制做法。

与一般的文人食谱不同，《醒园录》记载菜式做法非常详尽，已经超越了文人常见的休味、感觉式的美食记述。由此，我甚至能推断李化楠和李调元除了是美食评论家，更是优秀的美食创意者、实践者，其厨艺水平可能超越了清代美食大家袁枚。

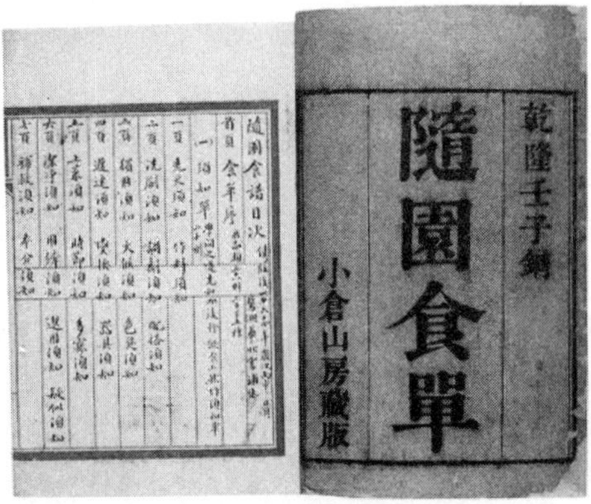

((清)袁枚作品《随园食单》书影

袁枚创作美食著作《随园食单》时，很大程度上是依赖其家厨王小余。袁枚带着王小余去各地遍访美食，然后让他学习、复制，创新，而自己更多的是体味和记述，亲自下厨的时候并不多，可能并不是特别精通厨艺。说通俗点，袁枚这个大才子品评美食有一套，真正下厨就不成了，就是有些“舌高手低”。民国年间的梁实秋和周作人也是如此，虽然写美食都自成一家，却都属于“君子远庖厨”。

在这一点上，李化楠父子堪与勤动手的宋代大美食家苏东坡相媲美。《醒园录》的记载详尽到什么程度？在我看来，看着这本书，就连普通的家庭主妇都可以复制其中的菜式。

比如，其中记载的“醉鱼法”：“将新鲜鲤鱼收拾干净，腌二日，翻过再腌二日，即于卤内洗净。再以清水净，晾干水气。入烧酒内洗过，装入坛内。每层鱼各放些花椒，用黄酒灌下，淹鱼寸许。再入烧酒半寸许。上面以花椒盖之，泥封口。总以鱼装得七分，黄酒淹得二分，烧酒一分，可成十分满足，吃时取底下的，放猪板油细丁，加椒、葱，刀切极细如泥，同炖极烂，食之，真佳品也！”真是看得人直流口水，忍不住要去买鱼腌制了。

有些菜虽然很家常，但也很有档次，放在今天也不过时，比如炒鳝鱼、炖脚（甲）鱼、煮燕窝、煮鱼翅、煮鲍鱼、煮鹿筋等。

另一方面，《醒园录》还记载了相当数量的江浙菜式，但多有川式的改造，比如“煮燕窝法”：“用熟肉锉作极细丸料，加绿豆粉及豆油、花椒、酒、鸡蛋清作丸子，长如燕窝。将燕窝泡洗撕碎，粘贴肉丸外包密，付滚汤烫之，随手捞起，候一齐做完烫好，用清肉汤作汁，加甜酒、豆油各少许，下锅先滚一二滚，将丸下去再一滚，即取下碗，撒以椒面、葱花、香菇，吃之甚美。或将燕窝包在肉丸内作丸子，亦先烫熟。”

这种做法更加迎合川人好浓厚、尚辛辣的味觉需求。而在燕窝里撒花椒这种做法，我更是头一次见到。

腌菜是川人的又一饮食爱好，《醒园录》中也多有记载，如腌红甜姜、腌瓜、腌落花生（罗江盛产花生，以“天府花生”知名）、腌芥菜等。

糕点也是《醒园录》记载的重点，包括“蒸蜗菜法”、“蒸茯苓糕法”、“蒸满洲饽饽法”等。

在罗江当地有一种美食汶江鳜鱼，传说也与李调元有关，颇有意思，写下来供读者分享。

话说当年李调元任科举考官时，朋友请他吃鳜鱼，说要对一副对联，如果能对上，不但可以享受美味，还将奉送鱼苗，李调元欣然同意。于是两人来到一个池塘边，友人触景生情出上联曰：“青草塘内青草鱼，鱼戏青草，青草戏鱼。”李调元想了半天未能对上，自觉非常惭愧。

半年后，李调元到郊外踏青，看到一位垂髫少女走在油菜花丛里，头上还插着黄花，顿时来了灵感，对出了下联：“黄花田中黄花女，女弄黄花，黄花弄女。”后来，那位朋友赠给他1800尾鱼苗，李调元派人快马加鞭送到罗江老家的汶江放养，鳜鱼从此在罗江繁衍生息下来，并成为地方美食。

巧合的是，千年以后的今天，我们这些诗人到罗江吟诗烹菜，当地的县委书记陆也也是诗人出身，碰巧也对美食很有研究，带我们吃了一道根据《醒园录》复制的罗江美食蒸猪头。

这道菜的具体做法是，先将一只整猪头对半分开，明火烧去毛，然后放入滚水刮洗干净，晾干，晾制的时候，用盐涂在猪头表面，然后放花椒、盐、姜、蒜腌制，之后下水煮，然后上蒸锅，蒸八个小时，直到极烂时出锅，上桌时配以醋和少许蒜泥做的蘸碟。

这种猪头肉用筷子一碰即能脱骨，肉入口肥而不腻，瘦而不柴。同桌一位从不吃猪肉的女诗人也开了荤戒，连称好吃。

罗江的本地菜式也很有特色，比如，以当地特产天府花生为主料制作的菜品，如花生拌韭菜、花生灌腊肠等，无不爽口宜人。

现在，当地也在有意开发复制《醒园录》中的菜式，并将其命名为“调元菜”，但我感觉还是有些太局限于罗江本地了。

要知道，《醒园录》美食的一个精髓是对江南菜和川菜的融合，如果要发掘罗江美食，视野应该更加开阔些，以形成自己独特的品牌。

诗歌是菜，菜也是诗歌

所谓“不平则鸣”，中国文人往往是官运不济后才诗兴大发、文兴大发，然后又食兴大发。坎坷、抑郁、感伤从来都是文学创作的灵药，从古到今，许多文人都在诗歌与文字中寻找心灵的宁静与人生的志趣，最终在美食中获得舒缓、平和。

从这个意义上说，诗歌是菜，菜也是诗歌。

受孔夫子影响，中国文人有个传统——“君子远庖厨”，对于美食，他们多是评论家，品尝家，却少有能同时下厨做得一手好菜的。前一篇文章中提到的李化楠、李调元父子算是少有的二者兼备的，但他们的美食诗歌却少了些。若论文名和影响力，苏轼和陆游在诗歌美食这个领域更有建树。

苏轼和陆游口味不同，简单的可以总结为：苏轼爱吃荤，陆游喜吃素。

苏东坡爱吃猪肉，有《食猪肉》诗文为证：“黄州好猪肉，价贱如粪土，富者不肯吃，贫者不解煮。慢著火，少著水，火候足时它自美。每日早来打一碗，饱得自家君莫管。”

这其中的“慢著火，少著水，火候足时它自美”，至今还是做红烧肉的最高“理论指导”。如今流行的红烧肉做法，不管怎么创新，总离不开苏东坡总结的这几条。

除了东坡肉，做鱼羹也是苏东坡的一项绝活。他在《东坡志林》就夫子自道：“予在东坡，尝亲执枪匕煮鱼羹以设客，客未尝不称善。”

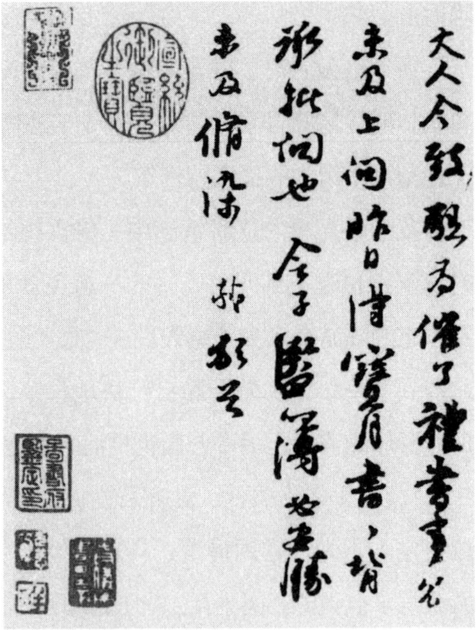

（宋）苏轼　宝月帖

苏东坡一生用诗歌记录了很多美食，可说是一位伟大的美食记录者。在他的笔下，粗略统计，今天依然流行的就有扬州的醉鱼、醉蟹、腌鸭蛋，安徽泗州的春盘，广州的花鸡粥，吴地的炒肉片、糟淮白鱼，山东蓬莱的鲍鱼，四川的豆腐、江团等，至今都还是地方美食，其中大多受益于苏东坡的诗歌美食“广告”。

除了苏东坡，陆游也算得上古代写作美食诗最多的诗人了，他创作的有关饮食的诗歌多达百余首。可以说，美食同样给了陆游很多灵感，在美食的刺激下，常有好诗诞生，如“清酒如露鲊如花”（《鹧鸪天》），读来就让人食欲大发。

这句诗中“如花一般”的“鲊”，其实是一道五代十国时期的名菜。宋代陶谷的《清异录》记载：“吴越有一种‘玲珑牡丹鲊’，以鱼叶斗成牡丹状蒸熟，叶微红如初开牡丹”，就是用一种腌鱼切片成牡丹花状，然后蒸制而成，菜形美味更佳。

在很多时候，陆游干脆把惆怅与孤独之情直接寄托在美食中，如“空怅望，鲙美菰香，秋风又起”（《双头莲·呈范至能待制》），这里的“菰菜”即茭白，官场不得志的陆游，既以诗歌记载了美食，也记载了当时的心情。

在蜀地做官时，陆游写过一首《南京》："十年流落忆南烹，初见鲈鱼眼自明。堪笑吾宗轻许可，坐令羊酪僭蓴羹。"其中，对美食的眷恋深深地刻画出诗人的孤寂与怅然。

我想，在思念这种情感中，美食也是占了很大比重的，比如我们常常感叹再也吃不到儿时吃过的一道美食了。这种深沉的情感在当时郁郁不得志的陆游写来分外感人。

到了晚年，陆游干脆自己耕地种菜，而且几乎只吃素。这一方面是保养身体的需要，另一方面也是他的志趣所在。

"放翁年来不肉食，盘箸未免犹豪奢。""香粳炊熟泰州红，苣甲蓴丝放箸空。不为休官须惜费，从来简俭作家风"(《对食戏作》)。吃素让陆游获得了很强的心灵力量："但使胸中无愧怍，一餐美敌紫驼峰。"

陆游对素菜很有研究，包括芹菜、荠菜、茄子等在他的笔下都有详细描述。素菜里他最喜欢的是荠菜，并专门写下"日日思归饱蕨薇，春来荠美忽忘归"的诗句。此外，陆游还总结出了做素菜的绝招："霜余蔬甲淡中甜，春近录苗嫩不蔹。采掇归来便堪煮，半铢盐酪不须添。"即保持蔬菜的新鲜原味，如今看来，陆游食用的可真是健康食品。

当然，陆游也不是全吃素，他是吃得比较清淡。他在《雨中小酌》中有"自摘金橙捣鲙齑"的诗句，其中的"金橙鲙齑"这道菜曾被隋炀帝夸赞过为"东南佳味"。做法是用鲈鱼拌和细切的金橙，做成汤菜，后来的苏州名菜蟹酿橙即是源于此。

从目前的诗文来看，陆游至少会做酸菜，会制甜羹，会做齑面，在美食操作这个层面，陆游是不亚于苏东坡的。

这两位诗人的美食创意与美食观至今还影响着我们。苏、陆的出现或许并不是偶然，在宋代甚至出现了一种特殊的诗体："求食诗"。

话说苏东坡在黄州任副团练的时候，一个秀才请他赴宴，苏在满桌菜肴发现了一道叫做为什酥油炸果品，吃完之后觉得味道很好。过了几天，苏东坡很想再吃一次为什酥，但是又不好直接去向人家开口要，刚好看到衙内鲜花盛开，就想到作一首诗去求这道菜品，诗云："野饮花间百事无，腰间惟系一葫芦。已倾潘子错著水，更觅君家为什酥。”见诗后，秀才马上派人送来了几盘为什酥。

南宋诗人范成大也经常“做诗求食”。有一次，他在黄岩吃到了一种鱼鲊，觉得非常好吃，后来又想吃，就写了一首《从圣集乞黄岩鱼鲊》：“截玉凝膏腻白，点酥粘粟轻红。千里来从何处？想看船浪帆风。”以诗文换食，也算是一种雅事。

这种“写诗求食”的做法颇富创意，就算在今天还是非常值得推广的，可以作为美食文化的一种趣味而存在。

以诗歌写美食，这在当今诗人中已经很少了，作家里也很少。我所认识的诗人中，最知味、知烹的，我的好朋友张枣算一个，石光华算一个。

与古人相比，我们还是很惭愧，实际上，古代文人以其美食诗大大推进了中国美食的文化层次和文化内涵。相较而言，当今的美食很大程度上是耽于口腹之欲了，过分满足“腐败的胃口”，自然就少了很多灵动、高雅的东西。

放眼世界，智利著名诗人聂鲁达可算是一位“知味、知烹”的奇人。这里，摘录一首他的名作《鳗鱼歌》做结：“波涛汹涌的 / 智利 / 之海 / 住着粉红海鳗 / 大海鳗 / 肉雪白 / 在智利的汤歌里 / 沿海岸 / 熬鱼羹……现在 / 你取 / 大蒜 / 先轻抚 / 珍宝般的鳗肉……加入海鳗 / 任其浸淫甘美 / 任其饱吸油水……现在只需 / 加一勺奶油 / 油汤里 / 沉重的玫瑰 / 在温火下 / 缓慢释放出香浓美味……这道菜一尝 / 你就知天堂。”

食色双全《金瓶梅》

《金瓶梅》是一部奇书，在文学史上有着不朽的地位：它是我国第一部由文人独立创作的长篇小说，也开启了此后以世情风俗为主流的小说创作方向。我甚至觉得，没有《金瓶梅》，就不会有后来的《红楼梦》。

“食色性也”，《金瓶梅》历来被认为是“诲淫”之书，清代丁耀亢曾说：“一部《金瓶梅》，说了个色字。”实际上，《金瓶梅》对“食”的描写篇幅和精彩程度，丝毫不亚于“色”，可以说是一部张扬世俗享乐、市情趣味的巨著。

据考证，《金瓶梅》成书于明代隆庆至万历年间，书中所记述描写的吃喝宴饮，全是当时的民间饮食，甚至也可以说是明代“江湖菜”、“商务菜”的代表。

在书里，西门庆是一个欺男霸女的“土财主”，而按照现在的眼光，西门庆至少是一位成功的企业家，其业务经营范围涵盖了医药、酒楼餐饮、百货等门类。而且，这位西门大官人为人还颇有情趣，对生活品位有很高的要求，特别在饮食上十分讲究。

粗略统计，《金瓶梅》中所列举的食品（主食、菜肴、点心、干鲜果品等）达 280 多种。其中，茶有 19 种、酒有 24 种，涉及的饮食行业有 20 多种。其描写的精细程度，今天看来也是很让人惊叹的。

比如，仅以蛋的做法，《金瓶梅》中就有“摊蛋”、“煨蛋”、“洒蛋”、“糟蛋”、“蒸蛋”、“煮蛋”、“馔蛋”等，这些做法至今还盛传不衰。

另一方面，《金瓶梅》中的面点也蔚为大观，有“芋饼”、“肉饼”、“卷饼”、“夹沙团”、“臊子面”等。

明万历年间《金瓶梅》书影

西门庆还有很多私房菜，有一道是经常在朋友面前和自己的女人面前炫耀的，叫做鲜蒸鲥鱼。史载，鲥鱼“色如银，肉质鲜嫩”，历来都是珍馐，被称为“长江三鲜”之一，也是朝廷贡品。西门庆在阳谷吃的鲥鱼是“冰篓覆鱼，冰船运输”得来的，原料已然十分难得，加上做法细致，味道鲜美，自然值得向人夸耀。而用来宴请朋友、生意上的伙伴，甚至官员也很有面子。

你看，《金瓶梅》第 52 回所写的一段：“桌上摆设许多肴馔，两大盘烧猪肉，两盘烧鸭子，两盘新煎鲜鲥鱼，四碟玫瑰点心，两碟白烧笋鸡，两碟炖烂鸽子雏儿……”这一大桌子菜，多令人眼馋！

西门庆经常炫耀的菜中还有一道红糟鲥鱼。《金瓶梅》第 34 回说，西门庆送了两条鲥鱼给朋友应伯爵，应伯爵吩咐仆人“余者打成窄窄的块儿，拿他原旧红糟儿培着，再搅些香油，安放在一个磁罐内，留着我一早一晚吃饭儿，或遇有个人客儿来，蒸恁一碟儿上去，也不枉辜负了哥的盛情。”

糟制菜是明代饮食的一大贡献，可以想象这道红糟鲥鱼也是色香味俱全的一道好菜，现在的武陵山区土家族还有糟鱼的做法。与此类似的还有酸鲊鱼，其做法是：把肉裹上玉米面（或大米面），放在坛子里腌上一个月，让其发酵。另外，还有一种糟辣椒，制作时搅上菜籽油，具体做法和上文中应伯爵所说的基本一致。

《金瓶梅》第 61 回中，还记载了一道非常特殊的酿菜，这道菜是常峙节在重阳节时送给西门庆的。原文如下：“四十个大螃蟹，都是剔剥净了的，里边酿着肉，外用椒料姜蒜米儿团粉裹就，香油煠，酱油醋造过，香喷喷，酥脆好食。又是两大只院中炉烧熟鸭。西门庆看了，即令春鸿、王经掇进去，吩咐拿五十文钱赏拿盒人，因向常峙节谢了。”

这道菜是先酿后炸，是一道“家常高档菜”。螃蟹里边酿上剁细的肥精肉，加上姜蒜、盐等，腌好，然后下油炸，外酥里嫩。一般的螃蟹做法是蒸或煮，吃蟹肉，而这道菜的特点是炸了之后，整只螃蟹都可以吃。

西门庆在吃喝上虽然讲究，但家宴和请客毕竟还是有区别的。请官府的人吃饭时，西门庆一般都讲究用熊掌、驼蹄一类高档食材，家宴则一般不会出现这些“高级货”。但有一次却是例外，《金瓶梅》第10回写到，西门庆听说“武二（武松）往孟州充配去了……请大娘子吴月娘、第二李瓶儿、第三孟玉楼、第四孙雪娥、第五潘金莲，合家欢喜饮酒。”

这是西门庆合家庆贺死对头武松被发配边地的大餐，因为意义重大，所以家宴中上了八道西门庆宴请贵宾时才用的名贵菜：烹龙肝、炮凤腑、黑熊掌、紫驼蹄、洛鲤、伊鲂、细烩通印子鱼、软炊红莲香稻。

其他的都好理解，龙肝、凤腑又是什么菜呢？其实，龙肝就是鲤鱼的胰脏做的，即“鲤鱼之精白”，做法是像爆腰花一样，用八成热的炼猪油炒，鲜嫩无比。而鲤鱼胰脏为什么叫做龙肝呢？大概是因为“鲤鱼跳龙门”这个传说。

还有人认为，龙肝是白色公马的肝，依据是刘若愚所著的《明宫史》中记载的宫中每年都吃“龙卵”，也就是白牡马的睾丸，以此推侧，龙肝也就是“白牡马之肝”。但此说法我表示怀疑，因为马肝的味道肯定不是很鲜美。

凤腑也叫“凤髓”，其实就是将鲜活鸡的脑髓，加上豆粉、盐、料酒等调料，用八成热的炼猪油爆炒，味道之鲜美可想而知。

清代童岳荐在《调鼎集》中记载了另一个凤髓汤的做法，将鸡肾去膜，打成糊做烩，实际上这种做法和《金瓶梅》中的基本一样。

酒喝多了，自然要解酒，西门庆还有道一专门解酒的私房菜——把莲藕去皮，称为“雪藕”，将其用坛醋泡制，捞出来吃可以解酒。在小说中，西门庆还把这道菜推荐给其酒肉朋友分享。

《金瓶梅》里对吃喝如此详细的记载，自然也引发了很多人的兴趣和模仿。在故事的发生地山东阳谷县，当地的阳谷宾馆就开发了一种专门的“金瓶梅宴”，把《金瓶梅》中的大餐还原，并有所创新。

其中，最出名的菜有宋蕙莲烧猪头、肉兜子、羊贯肠、捶溜大虾、杏仁豆腐、西门佛跳墙、西门大黄翅、糟扒蹄筋等。颇具巧思，味道可称一绝。

可以吃的词语

中国的语言很多是与吃分不开的，有些词语读起来似乎就能闻见香味，并勾引你的胃口；有些则是涩的、苦的、辣的、咸的、甜的，可见词语也可以五味俱全。的确，有时候，人生的境遇恰如盘中滋味。

我知道有一道根据成语创制的菜叫“沉鱼落雁”，这其实包含了两道极为别致的菜，即葱烧沉鱼，油炸落雁。

葱烧沉鱼的做法是：刮去鱼鳞、去鳃，挖去内脏洗净，用酱油、小茴香码味，葱选用葱白，火先用强烈武火后改为文火，烧 10 分钟左右再回火，器皿选用吊床式的渔网。

此菜就像上海本帮菜中的红烧鮰鱼（鮰鱼每年春季才从崇明岛附近的江水里款款而来），色泽红润油光，肉质软嫩滋润，在葱味鲜香之中带着一种“艳味”。

油炸落雁的做法是：将雁去毛，去内脏，用精盐、料酒腌一腌后取出，与花瓣一起投入热油锅，煎炸至金黄，然后撒入胡椒、花椒、姜、葱即成，此菜如川菜油煎鹌鹑，色泽金红，成菜香、鲜、嫩、靓。

而成语“大快朵颐”则非常形象地描绘了品尝美味的情景。“朵”是动的意思，“颐”即面颊。“朵颐”就是面颊动，这是吃的动作了。“朵颐”而“大快”，就是指吃到了好的东西很快活。

另一个成语“食指大动”也是指吃到了好的东西的意思。其来源如下：子公和子家都是郑国贵族，子公因为常吃美味佳肴，故有了特异功能——一旦要吃好东西了，食指就会动个不停。一次，他和子家去见灵公时，食指动了起来，就知道今日有美味可吃了。果然，当时有楚人献一个大鼋给灵公，灵公正准备杀鼋给大家尝尝。见到二人会心大笑，问明缘由后，灵公就故意不给子公吃，子公一怒之下用食指到鼎里刮一点羹尝尝，这同时也是“染指”这个词的出处。

人常说文史不分家，其实“文食”更是相通的。比如，成语“脍炙人口”现在多用来形容某人诗文写得不错，但追本溯源，“脍炙人口”本来指的是两道美食。

在古代，脍，主要指细切的鱼肉（相当于生鱼片或刺身）；炙，指烤肉（类似烤羊肉串）。所以，后世就用其表达诗文就像这两道好吃的菜的意思。

明代才子徐渭（字文长）曾为一个靠卖豆芽为生的朋友写一副奇特的对联：“长长长长长长长，长长长长长长长”，横批是“水里求财”。这其中上联的第一个“长”字作动词用，读作“生长”的“长”，其余用作形容词，读作“长短”的“长”；下联的第一个“长”字作形容词用，读作“长短”的“长”，其余用作动词，读作“生长”的“长”。此联一出，吸引了许多人排队买豆芽，也救活了徐渭朋友那家濒临倒闭的豆芽铺。

吃一顿酣畅淋漓的美食，犹如进行一次有滋有味的阅读，中餐犹如小说，复杂而多回转；火锅犹如散文、菜品虽杂，但终汇于一锅；小吃犹如随笔，随意中可能有无限惊喜……

被作家或者诗人精选入馔的词语同样表达了中国饮食“甜、酸、苦、辣、咸”的五味之说。

例如，至嫩至滑之词：十七岁、西施舌、青春、蝶恋花等，无须挂糊上浆都口感爽脆；

肥而不腻之词：声色犬马、东坡肉、风韵犹存、樱桃肉等，肉质肥糯，适宜趁热进口大嚼。

以上的词语，在饮食文化中可归为鲜词类或咸鲜之词，而其他几种带味觉的词语还有：

甜词：吃得开、吃香、吃小灶、吃独食等，读起来有一种一脸幸福的烂熟样子；

酸词：吃醋、吃开口饭、吃粉笔灰、吃鱼片等，读起来则含着几许无奈，几许寒碜。

苦词：吃苦、吃不了兜着走、吃闭门羹、吃枪子儿等，可谓“苦瓜苦藤常相随”。

辣词：吃不消、吃里扒外、吃豆腐、吃回扣……恰如谜底是“辣椒”的一则儿童谜语“红口袋，绿口袋，有人怕，有人爱”。

咸词：吃惊、吃透、吃紧、吃亏，无盐百无味，一咸压三鲜等，念起来就有点咸涩之感。

从古至今，许多可以吃的词语在菜谱上默默地“香气四溢”着，不见菜先听菜名儿就足以令人垂涎三尺。如唐代名菜黄金鸡、百发羹、赤明香等；宋代名菜水晶脍、粉煎骨头、雪天牛尾狸等；元代名菜带花羊头、柳蒸羊、酥骨鱼等；清代名菜炊鸡、芙蓉肉、樱桃肉等。更不要提四大名菜中的鱼香肉丝、夜香冬瓜盅、油爆海螺、火腿酥腰等，光是这菜名就叫人浮想联翩了。

好的菜名能为菜品增香添味，而不好的、过于直白的菜名也会伤害到菜的味道。说起这点，在给菜起名上，现代人还是应多向我们的先人好好学习。

天下盐招牌菜之一：海螺一号

第四辑

民国吃家

民国美食地图
一方名菜一方人
蒋介石的食养
鸿门险宴代代开
千叟宴与苏菜汇

民国美食地图

传统美食中的很大一部分是靠名人、文人墨客、民间力量推动的，这一点在民国时代表现得更为突出，也直接影响了中国现在的“美食地图”。

说起民国名人，还得先从“民国之父”孙中山说起。

孙中山为人勤俭，对美食没有太苛刻的要求，他最爱吃的一道菜是酿豆腐。这道南方酿菜堪称“味美价廉”，因此，孙中山甚至把它上升到了革命的高度，号召在官宴中用这道菜，既保证了美味又能做到节俭，这道菜因而在国民党军队中非常流行。后来，酿豆腐在全国的普遍流行，其实也与孙中山的这种提倡有关。

1912 年，袁世凯逼迫孙中山辞职，当上了中华民国大总统，后来还当了三个月的短命皇帝，其人很具传奇色彩。据说，袁世凯对美食很有些讲究。

袁世凯出生于河南项城，家乡并不出产知名美食，但他很好吃，胃口也很好，每天早上必吃一碗鸡丝面。另外，他最喜欢的一道菜是清蒸鸭子。这道菜与慈禧爱吃的清炖鸭子同出一辙。然而，袁世凯所吃的这道清蒸鸭子，所用的鸭子饲料非常讲究，其复杂程度甚至超过了慈禧。

话说这种鸭子的饲料用的主要是名贵中药鹿茸，是将鹿茸捣碎再拌上高粱做成的。这说起来有些过分，但实际上，饲料的好坏对肉质、味道的影响是公认的，比如，现在我们都不愿意吃用饲料添加剂养大的猪和鸭等。

清蒸鸭的做法是用糯米一杯，加上火腿、大头菜、酱油、笋丁、麻油，一起放到去骨后的鸭肚子里，然后放到一个盘子里，倒入鸡汤，再隔水来蒸，严格来讲要蒸四天。这道菜和慈禧的清炖肥鸭都有一个特点，就是皮特别好吃，也是袁世凯最爱吃的部分。蒸熟之后，这鸭子的皮可以用筷子直接卷下来吃。

袁世凯爱吃的这道菜，实际上是清代的一道宫廷名菜糯米鸭子的翻版，后来上海菜也有道名菜叫做八宝鸭子，就是源于糯米鸭子还有袁世凯的清蒸鸭子。每年入冬之后，袁世凯基本上每天都要吃这道菜。

袁世凯对饮食虽然讲究，但比起慈禧来，还是要粗放得多。他基本上就爱吃几道菜，而且是每天都吃，早上必来一碗鸡丝面，中午和晚上常常是清炖鸭子。另外，东坡肉也是他的最爱之一。史书记载，吃饭时，袁世凯经常吃的是满胡子都是油。而因为对美食的讲究，袁世凯连娶姨太太都与众不同—— 一个重要标准就是得会做一手好菜。

我做过一道裙带丝鸭，用的是土鸭，也就是在河里吃鱼儿和青草长大的鸭子。内脏处理干净后，把海带丝填进鸭子的肚子里，而不是完全塞入，海带丝还露出一半在外边，像裙子一样。

这道菜我还放入了猪肉丸子、鸽子蛋、酥肉（炸酥的猪肉），一起上锅炖四个小时。这道菜与袁世凯的清炖鸭子和上海菜的八宝鸭子相比，做法相类，但更加平民，材料易得，味道也更加多元，适合家庭日常操作。目前，我正在做的一道老坛厚皮鸭，也是这种做法。

袁世凯喜欢吃的鱼是来自开封北面黑岗口的黄河鲤鱼，主要用来做一道熘鱼焙面。这道菜也是慈禧喜欢吃的，当年慈禧到河南视察，地方官员进献的就是这道菜。做法是将鲤鱼炸熟，面条也炸好，鱼放在面条上面，然后再浇汁。这汁主要是糖醋汁，同时里边又有很多调料。这个菜的特点就是外酥里嫩，讲究不见油，不见糖，不见醋，甜中透酸，酸中透咸，鱼肉肥嫩爽口而不腻，鱼肉食完而汁不尽，上火回汁，下入精细的焙面，口感极妙，慈禧和光绪皇帝都爱吃。

袁世凯觉得这是他们老家的菜，也有模仿皇帝的意思，因之熘鱼焙面也成了他的美食。这道菜也叫鲤鱼焙面，也是现在河南菜的一道名菜。

这种“浇头”的做法，实际上是现在很多面的通用做法，浇头有很多种，我的做法是：清水煮面至八成熟的时候，另一口锅里煨浇头至微开，把面用漏勺捞出倒入浇头中直至煮熟。这里的浇头最好用无鳞的少刺鱼、包括田鸡、猪蹄，肉末等，味厚汁浓，非常可口。

蒋介石是民国掌权时间最长的“领袖”，他最喜欢吃的一道菜是西湖醋鱼，这也是他两任妻子陈洁如、宋美龄的最爱。蒋介石夫妇最爱吃的是杭州楼外楼的西湖醋鱼，这家酒楼也是当时民国政要聚集的地方，西湖醋鱼是其中最出名的一道菜。这道菜早在康熙下江南的时候就很出名了。

说到蒋介石和西湖醋鱼，还有一个趣闻。1949 年 1 月，因为内战失败，蒋介石被迫下野，由李宗仁任代总统，心情很是烦闷，就由汤恩伯陪同去西湖楼外楼吃饭。当时，由浙江省政府主席陈仪做东，自然少不了西湖醋鱼。汤恩伯是陈仪的学生，吃饭自然是给陈仪面子。饭间，陈仪劝慰蒋介石说：“凡事要拿得起放得下。”蒋介石将这句话理解陈仪是在为奚落他，于是拂袖而去，从此结下怨恨。这顿饭是 1949 年 1 月吃的，1949 年 2 月，陈仪就被捕了。1950 年，退到台湾后，蒋就以“阴谋叛乱”的罪名将陈仪枪杀了。

在美食上，孙、袁、蒋都算不上有建树，要说“民国第一美食家”，非来自湖南的谭延闿莫属。

这位谭将军原是清朝进士出身，是民国政治舞台上的一位重要人物。他三次出任湖南总督，还一度担任国民政府主席，是国民政府第一任行政院院长，被称为动荡时局中的“政坛不倒翁”。他虽然在政治上无所作为，但却嗜好美食，擅长书法，被称为“活冯道”，也是他一手将湘菜推到全国知名的地位。

当年，孙中山落难，谭延闿全力扶救。孙中山对他很感激，就准备把小姨子宋美龄介绍给谭，却被谭以“不娶二妻”为由拒绝。后来，由谭牵线，宋美龄和蒋介石结为秦晋之好。

现在，湖南菜代表菜中有道祖庵鱼翅，又名红煨鱼翅，即是谭延闿所创。

祖庵是谭延闿的字，谭是当时的湘军总司令。这道鱼翅是他几乎每顿都要吃的菜，没有鱼翅，谭延闿可谓食不甘味。

为了做鱼翅，谭延闿专门从湖南老家找了一个叫曹敬臣的人做他的副官，实际上就是他的家厨，做红煨鱼翅是曹重要的工作内容之一。这道菜的做法是，用肥鸡一只、宣威火腿一方，与鱼翅合炖 24 小时，使其烂熟。用的鱼翅是长须排翅，盛在名贵的盘子里，味厚汁浓，满口留香。

谭延闿把从吃喝中悟得的道理作为自己的处世原则。在政治上，他也一贯奉行“三不主义”——不负责、不谏言、不得罪人。“三不”加上经常请人吃喝，使得谭延闿在国民党内非常有人缘。

除了经常请人到家里吃饭，谭延闿还和老乡一起在北京开了家“曲园酒楼”，这家馆子专做湘菜，堪称是历史上最早的著名湘菜馆，原来在西单大街，历经多次搬迁，现在在展览路一带落脚。

在谭延闿之前，国民党内流行的是淮扬菜、粤菜、上海菜、鲁菜，由于谭延闿的大力提倡，影响力所及，湘菜也风行起来，成为民国第五大菜系。应该说，正是从谭延闿开始，湘菜开始流行全国，成为有影响力的一大菜系。

可见，一个地方的名人对一个地方的名菜有至关重要的作用。

祖庵鱼翅成为湘菜名菜，其实也是墙里开花墙外香的结果，和李鸿章杂碎类似，先在外部非常有名，再返回本菜系，成为代表菜。谭延闿对湘菜本身也非常有影响力，现在还有以祖庵命名的系列菜品，比如祖庵鸡、祖庵豆腐等。

谭延闿过世后，他的厨子曹敬臣（外号曹四）就回到了湖南老家，在长沙开了一家健乐园酒楼，专营“畏公菜”，谭延闿号无畏，因此又被人称为畏公。

后来，蒋介石要请一位美国的要员吃饭，找曹四来主厨，到处找不到，才知道原来曹四已经回了湖南老家。仅从这一则逸闻中，就可以知晓谭延闿在国民党内和民国美食界的重要地位。

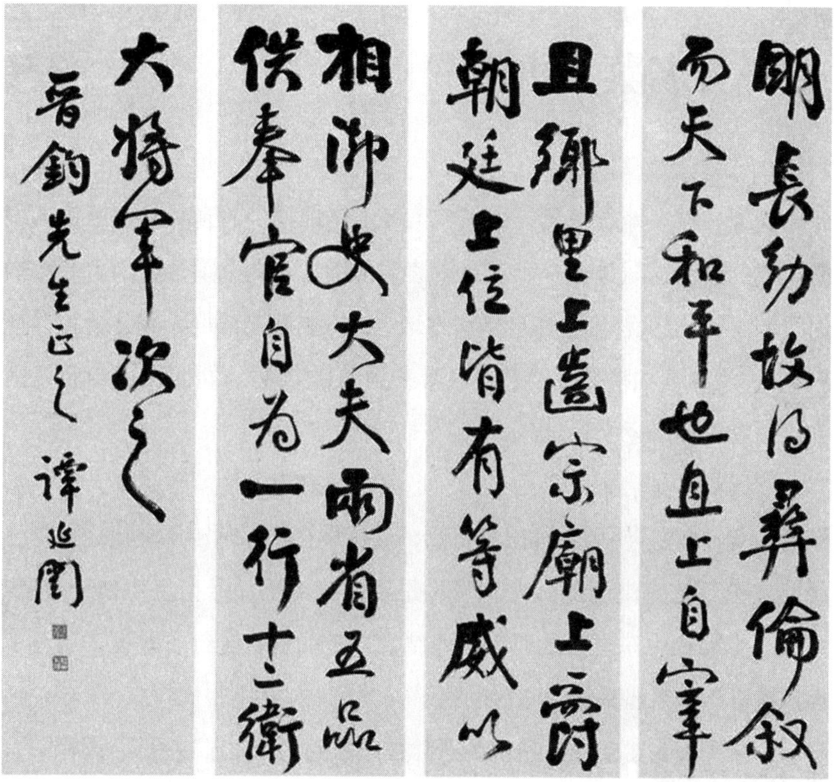

（民国）谭延闿书法

一方名菜一方人

我国有很多地方名菜，这些名菜多由当地特殊的食材加水源长期积累形成的，但这只是第一步，一道菜要从地方走向全国，成为大众熟知的“名菜”，很大程度上还要依靠本地名人，特别是政要带到外地去“打广告”。当然，如果是政要甚至皇帝来到“贵宝地”，再把菜式给宣扬出去，那就更加幸运了。

宫爆鸡丁是清末非常出名的一道菜，它的出名得益于封疆大吏丁宝桢的南北“宦游”。丁宝桢出身贵州，其实早在贵州时，丁宝桢的家厨已经开发出了宫爆鸡丁的做法，当时是用糍粑辣椒加上花生仁来炒鸡丁。到了丁宝桢任山东巡抚的时候，他结合当地的食材进行了改良，用鸡丁也用肉丁，加入酱来炒，叫酱爆鸡丁。

后来，因为丁宝桢戍边御敌有功被皇帝封为“太子少保”，人称“丁宫保”，所以，这道菜也被称为“宫保鸡丁”。但从美食及烹制手法的角度看，叫做“宫爆鸡丁”其实更加准确。

宫爆鸡丁的最终成型，是在丁宝桢到四川任总督时。其做法是在原来的基础上又加上了四川有名的“二金条”辣椒，味道更加鲜辣，最终也成为川菜名菜之一。

“宫爆”的这一做法后来又衍生出很多菜，比如宫爆肉丁、宫爆肥肠、宫爆田鸡、宫爆鳕鱼等。在具体做的时候，花生仁也可以换做腰果，起到的作用是一样的，就是酥脆的口感，以之与主料肉质的细嫩区别开来，从而更强调主料。

虽然“宫爆”在山东的时候叫“酱爆”，但实际上，现在正宗的做法中，宫爆鸡丁是不加酱的，特别是豆瓣酱。“宫爆”实际上是做出荔枝味来，带一点辣，“爆”是指把主料放在油里边爆，达到肉和骨分离的程度，这道菜最后一道工序是勾豉汁，里边有少许的醋、糖、酱油、味精或鸡精，加上料酒，水豆粉、薄芡，淋下去，颠锅弄匀，就可以上桌了。

现在的做法也有加黄瓜丁的，这就有些破坏宫爆荔枝味的感觉了，也是出于这个原因，我不提倡做宫爆系列菜的时候加豆瓣酱，即使加花椒也只能是几粒。宫爆鸡丁对鸡的要求不高，一般的柴鸡就能做出很好的味道，现在更方便了，超市里直接有鸡脯肉和鸡腿单卖。

如今，“宫爆”已经成为大众口味，可以说是南北皆好，中外皆宜了。

另一道名菜是湖北菜中的武昌鱼。武昌鱼也叫“团头鲂”，在三国时代就已享得大名了。据记载，当时的吴主孙皓——也就是吴大帝孙权的孙子，想把都城从建业（今南京）迁到武昌，受到大臣的反对，左丞相陆凯上书道：“宁饮建业水，不食武昌鱼”——这句话一直流传到今天。

武昌鱼产在樊口梁子湖通往长江的水道上，纯野生的武昌鱼肉质异常鲜美，自古就是世人赞叹的美食，《诗经》中就有“岂其食鱼，必河之鲂”的句了。

公元 1177 年 8 月，南宋名臣范成大途经鄂州时，受到地方官吏的热情款待，于是即席写下《鄂州南楼》诗一首，其中就有“却笑鲈乡垂钓手，武昌鱼好便淹留”的句子。很明显，他被武昌鱼的美味吸引得流连忘返了。

到了 1956 年，毛泽东来到武汉视察时，借用了陆凯的句子，写下“才饮长沙水，又食武昌鱼”的千古名句，武昌鱼的名菜地位在当代就更加巩固了。

前段时间我做过一道暗味鲳鱼，具体做法把鱼处理干净后，加上盐、花椒、姜丝等腌制一小时，中途把鱼翻身一次，腌好之后，把鱼用八成热的菜籽油（油温太低鱼会粘锅，太热则易糊）炸一下，两边炸成金黄色后盛盘子，把油沥出来，剩一点油，加上猪油，形成混合油，再加上姜、蒜、糖、豆瓣，配炕过的微糊的干辣椒下锅炒。这种干辣椒最好用手搓碎再放到锅里，炒的时候也可以加几粒花椒，再加一点骨头汤，也可以加清水。让这些汤和调料慢慢收汁，最后浇到鱼身上。

浇汁到鱼身上之前，最好加一点新鲜的蒜末。浇汁后，因为有豆瓣和辣椒，再加上鱼的颜色是绯红的，看起来很打眼。最后，撒上一把绿色的葱花，形成强烈的红绿对比，上桌时很受欢迎。

在孙皓那个时代，武昌鱼的做法应是清蒸的，而现在湖北菜中的武昌鱼也是清蒸的，但这对鱼的肉质要求很高。野生的武昌鱼自然是清蒸好吃，但现在多是饲养的鱼，用暗味鲳鱼这种厚重的做法，才能味道足。

关于名人菜，徽菜的一道菜李鸿章杂碎也很有名。现在，这道菜在徽菜菜谱上叫做“李鸿章杂烩”，而其最原始的叫法应该是“杂碎”，这从原料上可以看出来：海参、燕窝、鱼肚、火腿等。

话说1901年，李鸿章到美国访问，在一个岭南籍留美博士陈杰初的“醉月楼杂碎馆”请美国公使吃饭，当吃到这家馆子的主打菜“杂碎菜”的时候，李鸿章连声叫好，美国人就问陈杰初这道菜的名字，这位老板灵机一动，说就叫“李鸿章杂碎”。

借着名人效应和新闻炒作，这道菜很快风靡美国，盛极一时，后来几乎所有的华人餐馆都有这道菜。有好事者统计，当时至少有三千多华人依靠卖这道菜发了财。流风所至，北美掀起了“李鸿章系列食品”的热潮，比如李鸿章面条、李鸿章炒饭等。后来，这道菜又返流到国内，成为徽菜中的一大名菜。

受此启发，也是受四川民间烩菜的影响，我在1993年创制了一道菜，叫二毛鸡杂。做法是把鸡肠、鸡心、鸡肾、鸡胗等放到一起，加上四川特有的泡姜、酸萝卜等，烩成一锅菜。现在，这道二毛鸡杂已经成为天下盐餐馆的主打菜。

在此基础上，1995年我又创出了一道二毛海杂。主料用鱿鱼、虾仁、海蜇、扇贝等，然后与泡萝卜、泡姜、泡椒等放在一起烩，这可以称做现在风靡全国的麻辣香锅的源流之一。

上世纪90年代初开始，我就有意地用动物的杂碎，加上海带、青菜

天下盐招牌菜之一：二毛鸡杂

等放到锅里，边煮边吃。当时还没有煤气炉，只有煤油炉，小火慢煨，客人可以边煮边吃。当时叫“煨菜”，现在叫“干锅”，算是体验式餐饮最早的实践之一。1996 年，我到成都开店，广泛推广了“干锅菜”的这一做法。

值得一提的是，在北京望京的黄门家宴上，人称当代“孟尝君”的黄珂也有一道拿手的汤锅菜，是将牛腩与豆瓣、泡姜、泡椒、花椒、干辣椒等炖煨出来的。

从 2000 年开始直到今天，大概十年间，这道牛腩汤锅在黄门宴上上桌过千余次，连辣带麻一共进入过至少三万男女食客的嘴巴，并以其香辣柔糯的口味，被收进了凤凰卫视“鲁豫有约”的镜头中。

蒋介石的食养

大概在上世纪七十年代，我还很小的时候，就听人说起蒋介石喜欢喝白开水，当时，这给我的直观印象是蒋介石的性格比较寡淡。

到现在，我才终于搞明白，原来蒋介石习惯喝的这一杯白开水大有讲究。

通常，蒋每天起床前的半小时，副官和服务人员就开始紧张工作起来。他们要做的第一个工作就是烧白开水，水烧开后自然冷却到 60 摄氏度左右，等蒋介石起床喝的时候，温度在 30 摄氏度至 40 度之间，接近人体的自然温度。

对于喝水的时间，蒋介石也很讲究，并不是渴了才喝，而是每隔 20 分钟左右就喝一次。时间长了身边的侍卫也知道他这个特殊习惯，每隔 20 分钟就会为蒋介石换一杯水。

这实际上是一种非常先进的“水疗法”——蒋介石把这种水称为“开白水”，这种习惯的养成主要受两个人的影响。

晚年的蒋介石与宋美龄

其一是蒋的恩师张进江。有一回，张进江生病，蒋介石去医院探望。当他询问病情时，张指了指桌子上的白开水说，与其吃苦药不如多喝白开水，一天三次，通过喝白开水就可以排出体内的毒素。后来。经过一个阶段的水疗，张进江的多年宿疾居然大为好转。这令蒋介石大觉惊异。

另外一个就是蒋的夫人宋美龄。宋美龄很早就被送往美国读书，健康习惯深受西医的影响。她曾对蒋介石说：“在营养学研究方面，美国人是当之无愧的第一流水平。因为他们的经济发达，只有经济发达的国家才能把人们的健康当回事。白开水的好处就是，它的纯正，在于没有任何对人体有害的杂质，没有杂质的东西，对人体就是有益的。”

而美国营养学家还教授给宋美龄一套养颜秘方——多喝白开水保持容颜身材，直至去世前，她都始终坚持践行。这对蒋介石的影响不可谓不大。

2003 年，台北阳明山的草山行馆推出了一套养生餐，据说这是蒋家食谱被首度曝光。这个套餐由干拌面、辣椒、鸡汤和黄金奇异果组成，都是蒋介石生前喜爱之物。其中，最著名的餐点之一就是鸡汤。

对此，蒋介石的随身服务官翁元说：“‘老先生’（指蒋介石）非常喜欢喝鸡汤，厨师每天都要专门熬制。”

说起来，历来中国美食都缺不了鸡。中国烹饪界有句俗语叫做“唱戏靠腔，厨师靠汤”。这里的汤主要是指高汤，而高汤基本上就是鸡汤的同义语。从药膳的角度来说，鸡汤性微温，具有补虚温中的作用。

这一点无论中西都是一样的，你看，广东有句老话叫做“无鸡不成席”。而《法国烹饪》的主编威沙尼则说：“鸡对于厨师来说，就像油画家的画布。”

蒋的侍卫官翁元还讲过一个故事：蒋介石吃早餐的惯例是先吃一片木瓜，然后再吃早点。在他吃木瓜的时候，侍卫就必须把一碗温度适中的鸡汤放到餐桌上。有一次，厨师没有掌握好鸡汤的温度，滚热的鸡汤把蒋介石烫了一下，气得蒋介石把鸡汤吐了满桌，并怒斥侍卫：“你们这些混账想害死我啊！”

出了这种状况，蒋府负责蒋介石起居饮食的专门机构——内务科登时紧张异常，上上下下被好好整顿了一番。

话说起来，青年时代的蒋介石也是挨过饿的。

当年，他在日本当炮兵的时候，伙食经常是日本兵不吃的旧粮陈米，

天下盐招牌菜之一：豆瓣鱼

天下盐招牌菜之一：伊人芋泥

条件不可谓不艰苦。而在当时的日本军队里，每个士兵每餐规定只能吃一碗米饭，而佐餐的仅仅是几片咸鱼和咸菜，只有特殊节庆和周末，士兵才能吃到新鲜蔬菜和肉。日本当地农民杀猪的时候，内脏往往不要，随后被很便宜地卖给兵营。对于蒋介石这样的留日士官来说，能吃到猪下水不啻是丰盛的大餐。

蒋介石是浙江奉化人，对于家乡菜也非常喜爱。江浙一带的物产特点是水产丰富，除了海鲜外，蒋介石最爱吃奉蚶，还有蛎黄。实际上，从菜系的角度讲，浙江宁波一带的菜，是可以独立于浙江杭帮菜而自成体系的。

在南京主政时期，蒋介石的原配夫人毛福梅会定期把奉化特产如奉蚶、文蛤以及其亲自烹制的的鸡汁芋头、雪里蕻肉丝、大汤黄鱼送去总统府。

其中，对鸡汁芋头的喜好伴随了蒋介石的一生。这道菜的做法是将奉化地方的芋头烤制后，再用鸡汁熬制，入口非常软糯。

实际上，蒋介石的这种饮食爱好与其牙齿不好大有关系。据说，蒋介石小时候贪吃冰块，很早就弄坏了牙齿。在蒋介石中晚年时期，为了保证其营养摄入，身边的侍卫们就想尽办法，经常花样翻新地做一些适合他口味的“创新菜”。而芋头因为软烂易嚼，营养丰富，同时含氟，对牙齿有好处，成为蒋府菜谱创新的主要食材。

蒋府厨师所创新的以芋头为主要食材的菜品有很多，除了鸡汁芋头外，还有芋头鸡丁、芋头山菜、芋头白菜、芋头粉丝、芋头猪肉丝、芋头虾仁等。其中，蒋介石吃得最多的是芋头白菜和芋头芹菜，这与蒋介石对肉食非常节制有关系。

话说回来，芋头可算是中国民间的传统美食，在一些地区往往被作为主食的替代品。“芋头”一词在《史记》中记载的名字叫做“蹲鸱”，《汉书》中叫做“芋葵”。在唐代，史书中有句话叫做“饥不饥，蜀有蹲鸱”，指的就是当时在四川一带，百姓在粮食歉收的年节可以食用芋头来救饥。

芋头质地细软，入口软烂，便于下咽，具有滑、软、酥、糯的特点，制作菜肴适合煨、烧、烩、烤，也可以炒、拌、蒸，是非常利于人体健康的食物。

前一段时间，我去成都见到的一个朋友，他就是个芋头爱好者，每逢外出，必然要烤些芋头带在身上。在他那里，我也学到了不少芋头的新做法。

芋头可以配咸吃，也可以配甜吃，而且宜荤宜素，可以说是理想的百搭菜。在清代大美食家袁枚的《随园食单》中，就记载有芋头烧白菜的做法。上世纪九十年代，川菜中有一道芋头烧鸡，曾红遍大江南北。这道菜里既有芋头又有鸡，想来也非常符合蒋介石的口味。

今天，以芋头做主要材料的名菜还有鸡粒芋角、香芋扣肉、太极芋泥等。蒋介石嗜食芋头，除了牙齿外，还有就是胃的原因——芋头对养胃是很有好处的。一种食材，既易于咀嚼，又不费牙，还能健胃，这是非常难得的，而芋头恰恰兼具以上的所有好处。

蒋介石的原配夫人毛福梅还善于制作开胃小菜，比如霉豆腐、臭冬瓜、鸡汁豆腐等。每当蒋介石吃到这些地道的家乡风味的时候，就知道是毛夫人送来的。对于蒋的这种喜好，当时曾有人作诗调侃道："纵有珍肴供满眼，每餐味需却酸咸。"

据蒋的副官居一侨回忆，每逢年节，除了毛福梅送来的奉化美食外，蒋纬国的母亲姚怡诚也会送来一些姑苏美味。其中的一道小点心——用江苏吴县小镇湘城特产制作的猪油枣泥麻饼，不仅在当地非常有名气，也是蒋介石所钟爱的馔点之一。

猪油枣泥麻饼，作为一个"资深"猪油菜品爱好者，一听这个名字我就分外激动。

从名字就可以看出来，这种饼的特点是细软甜脆。姚夫人每次都会定制一百只麻饼送到南京总统府，另外还要制作青菜头、菜花头干，还会把嫩菜花做成细末，然后添加鸡汁烧豆腐，这也是一种独创菜肴了。而每到秋季菊黄蟹肥的时候，姚夫人还会选择上好的阳澄湖大闸蟹派专人送给蒋介石食用。

蒋介石年轻时的酒量也不错，但壮年之后就很少饮酒了。特别是和宋美龄结婚后，蒋在各方面受夫人的影响很大，饮食上更加趋于科学化、精细化。

蒋介石是个严格的节制主义者，他曾说过这样一句话："少食多得。"他认为很多疾病都是人吃得太多引起的——这在当时非常难能可贵，因为直到现在，我们才开始强调节食的重要性。

宋美龄在饮食上也是一个节制主义者。她还经常提醒蒋介石，宁可少吃，也不要频频赴宴。然而，宋美龄主张饮食西化，而蒋介石却是固守着自己的口味，这种差别从夫妇二人的早餐上就可以看出来。

蒋介石的早餐食谱是固定的，被侍卫官称为"早餐三味"：木瓜、炒蛋、酱瓜。

看似简单，实际上这三种食物的食材来源并不简单，而且是经过多次调整后确定的。以木瓜来说，放眼中国也只有广西、云南的一些地方才有。而在抗战时期，蒋介石身居重庆，但当时物资运送非常困难，要保证其早餐中的木瓜供应并不是一件容易的事。

蒋介石一开始并不是就喜欢吃木瓜，甚至还有些反感其味道。但因为常食木瓜对治疗胃病很有好处，于是，在医生和宋美龄的建议、监督下，蒋坚持吃了半个多月。其后感觉困扰自己多年的胃病减轻了不少，从此开始推崇食木瓜。最后，这木瓜直接登堂入室，变成了蒋介石早餐必吃的餐前水果。

而在蒋夫人宋美龄眼里，木瓜不但养胃，更是美容驻颜的法宝之一。在美国医生的建议下，她坚持每天用木瓜水洗脸。效果如何，大家看一看宋美龄各时期的照片即知。

得知蒋宋二人都喜欢木瓜，在台期间，各地官绅都竞相给士林官邸送木瓜，以至于士林官邸后来"瓜满为患"，弄得蒋介石常常把吃不完的木瓜送给手下吃。

据为蒋介石服务了四十年的保健医生熊丸回忆，蒋在早餐时特别喜欢吃炒蛋，这种炒蛋可不是一般的炒鸡蛋，它的制作过程非常特别，蒋介石甚至还将其命名为"黄埔蛋"。

1924 年，蒋介石接受孙中山的委任担任黄埔军校校长期间，力主节

（民国）蒋介石书法立轴

制饮食，提倡吃“革命大锅饭”。但饭食简单的同时也得保证均衡营养，为此，作为校长的蒋介石还是享受了一份独家待遇——每天早餐加一个炒鸡蛋。

黄埔蛋的做法是：把鸡蛋打碎，用力打匀，加葱花、料酒、胡椒粉，等油六成热的时候急火煎炒而成，味道鲜美特别。据我分析，蒋介石对黄埔蛋的钟爱，可能也带有一种怀旧情结——毕竟，当时黄埔军校所有人中只有蒋一人才能独享这种待遇。

制作这种蛋看似简单，其实却很考手艺。首先，要保持鸡蛋的鲜嫩必须先加入一点冷水、一点料酒。此外，更重要的还在于人工搅打的手法。其标准是：蛋液搅打完成后，筷子放在蛋汁中是不会倒的。这个要求一度难倒了士林官邸的很多大厨。我总结的秘诀是：搅打蛋液一定要沿着一个方向进行，且施力均匀，使蛋汁表面保持一定张力，如此反复才能达到上述标准。

在我们中国人传统烹饪习惯里，常用的鸡蛋做法无非炒、煎、蒸、煮，还有就是蛋卷，如蛋卷包肉等。老百姓家中最常见到的也无非番茄炒蛋、春芽炒鸡蛋、韭菜炒鸡蛋等。看起来简单，其实这些菜要做得好也很讲究功夫，首要一点就是处理好蛋汁，其中的一个诀窍是加一点料酒（一个鸡蛋加四五滴量），如此就能增嫩增香，使一道家常菜变得更加鲜美可口。

这个方法有古书记载为证，清代大才子袁枚就在《随园食单》中说：“鸡蛋去壳放碗中，将竹箸打一千回蒸之，绝嫩。”

而据文学专家考证，《金瓶梅》第 44 回中，李瓶儿吃饭，桌上有一碟“摊鸡蛋”。其做法就是把韭菜和在鸡蛋中打匀，实际上相当于现在的韭菜炒鸡蛋。

这里，一定要记住一个小关键：打鸡蛋最好用竹筷或者木棍，千万不能用铁器，否则会大大影响鸡蛋的味道。

从现代饮食保健理论看，鸡蛋被认为是人类最完美的食物之一，味道鲜美，营养丰富，传统上虽被认为是素菜，实际上营养物质等同于荤菜，是人体不可缺少的营养食品之一。但是，鸡蛋的缺点是胆固醇含量高，每天一个为宜，老年人则要少吃蛋黄。

另外，鸡蛋养生也是中国人传统的养身法宝之一。

上世纪80年代，各地都曾风行过一种醋蛋疗法，据说可以防治高血压。具体做法就是鸡蛋一个，醋60毫升，煮熟后晨间空腹服用，连服七天。

书接上文，话说这黄埔蛋的做法是既炒又煎，口味外焦里嫩，算是相当特别的一种做法。国民政府时期，在蒋介石的指示下，这道菜还被列入接待外宾的国宴菜单中。

上世纪50年代，台湾圆山饭店建成后，成为台湾当局招待贵宾的固定场所。1953年，美国副总统尼克松到台湾，下榻之处就在圆山饭店。为表敬重，店方每日会在尼克松的早餐中加一个黄埔蛋。

其实，蒋介石之所以会如此钟爱黄埔蛋，除了感情因素外，还有一个原因：蒋介石很少吃肉，因之吃蛋就成了解馋的一种办法。晚年的蒋介石身体十分虚弱，一旦犯病好几天都只能吃流食。等身体好转一些的时候，蒋介石往往会吩咐侍卫："早餐来一个黄埔蛋就可以了。"

也是因为身体的原因，宋美龄接受美国医生的建议，下令取消蒋介石"每日一蛋"的食谱。此举甚至引发了内务科的争论，蒋介石也表示反对。而宋美龄的理由是：鸡蛋胆固醇高，会引发高血压。她说："中国人对肉和蛋的推崇是因为贫穷，而在西方发达国家，真正有营养的反而是蔬菜。"

于是，在夫人的强烈要求下，蒋介石延续几十年的黄埔蛋早餐停了一段时间，只有在招待客人的时候才能趁机解一下馋。

说起来，蒋介石这"早餐三味"的最后一味实在太常见，酱瓜，不论在以前还是现在，恐怕是每个中国人都曾吃过的开胃小菜。而关于喜食酱瓜的爱好，是蒋介石幼年时就形成的——蒋介石幼年丧父，家境贫寒，每到青黄不接的时候，一家人就靠咸菜就饭充饥。

说起来，酱瓜的制作方法非常简单：烧一锅盐水，把洗净的小黄瓜放入盐水中，然后放到坛子里封口腌泡，一两个月后，脆嫩可口的酱瓜就可以上桌了。于是，腌酱瓜也成了蒋介石对儿时的美好回忆之一，这小小一碟酱菜，也成了他常食的佐餐佳肴。

到台湾后，由于当地不产小黄瓜，蒋介石就派人从日本专门采买，务必保证早餐的供应。

袁枚的《随园食单》中也记载有酱瓜的做法："将瓜腌后，风干入酱，如酱姜之法。不难其甜，而难其脆。杭州施鲁箴家，制作最佳。据云，酱后晒干又酱，故皮薄而皱，上口脆。似生姜取嫩者，先用粗酱套之，再用细酱套之，凡三套而成，加蝉蜕入之，则久放不腐。"堪称制作酱瓜的绝招，颇有些巫术色彩。

蒋介石吃饭，常备的菜是一碗不腻的鸡汤、一份盐笋，还有酱瓜，黄埔蛋。宋美龄是讲究西餐的，吃饭时，往往是蒋介石这边咸菜鸡汤，而宋美龄则是蔬菜沙拉，中西分明。两人有时候互相调侃。蒋介石说宋："你真是前世羊胎，怎么这么爱吃草呢？"宋美龄则回敬蒋："你把咸笋沾上黑糊糊的芝麻酱，又有什么好吃呢？"

蒋介石一般水果都吃，但不爱吃苹果。宋美龄是特别喜欢吃苹果。晚餐一般夫妇俩都是稀饭，外加盐笋、芝麻酱，饭后就是散步聊天。生活规律，健康科学。

对于笋，蒋介石也是非常钟爱，有时新鲜的竹笋运到官邸后，蒋介石会亲自查看、把玩。笋做成的菜里，蒋最喜欢油焖春笋、笋尖炒豆腐。

这些菜其实现在都可以再复制开发，笋尖炒豆腐中的笋一定要嫩，最好用石膏点的豆腐，炒成的菜非常嫩。笋是粗纤维，十分利于胃肠蠕动，有通便的功效。

在水产类里，除了家乡的海鲜，蒋介石还喜欢吃鱼，如西湖醋鱼。这西湖醋鱼的做法是先把鱼清蒸，然后把鱼过油再浇汁。蒋府有个厨师叫陈杏奎，他做鱼有一套独到的方法，讲究保持鱼的原味，而无须加入过多调味料，然后在此基础上加以提升。

这一点我举双手赞成。我自己在做河鲜海鲜时也不主张加入太多辣椒、花椒一类的东西——这样虽能去腥却也掩盖了鱼鲜本身的香味。烹制其他河鲜或者海鲜，如炒蟹肉，最好就是把蟹肉抠出，加上木耳或白萝卜片来清炒。

在台时期，士林官邸为了迎合蒋介石的喜好，开发出了很多创新的菜式，比如瓦块鱼、鲜黄鱼、生炒鳝鱼丝、烧海参、炝青蛤、佛跳墙、黄焖鳝鱼块等。其中黄焖鳝鱼块是蒋介石最爱吃的菜之一，其做法是现杀鳝鱼，切成块，红烧加黄酒焖熟——属于杭帮菜的做法。

还有就是炒鳝糊，这道菜蒋介石要求加笋。炒鳝糊本来是地道的上海名菜，本来也不是加笋，但经过厨师的不断改良，也成为一道传世佳肴。

从饮食习惯上来看，蒋介石比较刻板，口味数十年如一。但从食补养生的角度上说，他做的还是非常成功的。据说蒋介石的饮食原则有七：

少食忌饱，适可而止。

不吃甜食，适应淡菜。

拒饮浓茶，少沾辛辣。

不饿也食，及时进餐。

荤素搭配，菜色调和。

勤吃豆腐，远离痴呆。

芒果当茶，香蕉润肠。

这第三条饮食习惯，有时也有例外。在重庆期间，蒋介石也曾爱上吃辣椒，无辣不欢，后来被宋美龄给校正过来了。

实际上，蒋介石“菜色调和”的提法也非常领先，他要求自己的餐桌上一定要有黑色、绿色、白色、黄色、红色的食物——与最近几年流行的“五色五养”其实是一致的，

另外，士林官邸独创的一套“豆腐菜”自成一大菜系，不但花样百变，也有许多创新，如豆腐虾仁、豆腐黄鱼、豆腐莲子、豆腐海参、豆腐鲍鱼，等。

可以说，在不断揣摩蒋介石及其家人口味的过程中，蒋府厨师对中国的传统医学和饮食典籍多有借鉴，也从另一个角度传承和发展了中华美食文化。

鸿门险宴代代开

中国的政治从来都是和“饭局”分不开的，项羽请刘邦的鸿门宴大概是最出名的一次，后来，“鸿门宴”也固化为汉语言的一部分，专指一些有特殊目的的饭局。历史上的鸿门宴不止一次，从项羽开始，发生过无数场暗藏诡谲的鸿门宴。

当然，我在这里所关注的不是历史上历次鸿门宴的政治意味，重点还是从美食的角度来作一番解析。

鸿门宴的故事大家耳熟能详，更因为太史公司马迁的生花妙笔而流传千古。司马迁的记述偏重与场景和人物，对美食的记录特别少，只提到樊哙接到项羽赐的“生彘肩”，放在盾牌上，用剑切着吃。

生彘肩就是猪肘子。很多人好奇，为什么鸿门宴上会有生彘肩？其实，放在当时历史背景下就很好理解了。那时候的宴会上经常有烧烤，厨师就在旁边，现场烧烤自然有生的猪肘子了。樊哙本没有资格入席，看到刘邦情况紧急，只得闯进来，斥责项羽后，项羽感到惭愧，一声令下，赐他彘肩，仓促之下，厨师只能将还没有烤的生彘肩给樊哙了。而且，因为宴会上没有樊哙的席位和餐具，他也就只能把肉放在盾牌上，用佩剑切着吃了。

关于鸿门宴上吃了什么，后人多有推断，一个比较可靠的版本是有三十五道菜，而且非常丰盛。就我查证，其中，凉菜一二道，热菜二十五道，汤三道，主食五道。

凉菜代表有：百果千珍、羊腊鹿脩。

热菜代表有：红焖驼蹄、阿胶栗枣、范增银鱼、白璧鳕鱼、玉斗凫雁、霸王三鞭，等。

汤点有：莼菜鳜鱼清汤、竹荪汤、江陵皮蛋羹，等。

主食有：山栗面窝窝头、芸豆蒸面、黄米汤圆、陕西拔鱼，等。

项刘鸿门宴之后，中国历史上又出现了几次比较著名的鸿门宴。

比如，三国时代，曹操和刘备的“青梅煮酒论英雄”，其实也有些鸿门宴的味道。

而之后，更有鸿门宴味道的当属北周赵王宇文招宴请隋朝开国皇帝杨坚。北周时，杨坚的女儿被册立为皇后，当时他因外戚的身份掌握了朝政大权，从而遭到包括赵王宇文招在内的北周宗室“五王集团”的记恨，准备择机杀掉杨坚。这一计谋也是请杨坚吃饭，宴会就设在赵王府。

杨坚明白这是一场鸿门宴，此去必然凶多吉少。但当时还没有到和“五王”公开对决的时机，所以，杨坚只能硬着头皮前往赴宴。

事前，杨坚作了充分的准备，他的妻子独孤伽罗（即后来的独孤皇后）做了几十道菜，并准备好上等酒水，让杨坚带着去赴宴。随杨坚一起去的还有杨坚的堂弟杨弘、心腹大将元胄，以及杨坚的家将李圆通，这几人都是勇悍异常的武将，万一发生意外可以保护杨坚。另外，为防万一，独孤伽罗还让几个武功高强的侍卫扮作担挑酒菜和赶车的仆人，随同杨坚等人一起前往。

赵王没想到杨坚居然会“自带酒水”，直到酒过三巡也没有找到下手的机会，因此非常恼火。宴会快到尾声时，赵王称天气炎热，要请杨坚吃西瓜。这下杨坚有些蒙了——百密一疏，事前虽作了严密部署，可他恰恰忘了“自带水果”。

为了令杨坚不能拒绝，赵王亲自切瓜递给杨坚，此时，杨坚可不能不给赵王面子了，只得接过西瓜连吃了好几块。赵王立即转嗔为笑，眼里却杀机显现。这时，站在杨坚身旁的元胄见状立即上前挡住了赵王，并对杨坚说相府有急事，请马上回府。

赵王一见自己苦心设计的计划就要被破坏，不由大怒，当即斥骂元胄。可是，元胄不但没被赵王的气势吓倒，反而出言暗示赵王图谋不轨。赵王辩解说这次宴会又不是鸿门宴，自己也不是楚霸王，杨坚更不是汉高祖刘邦，元胄也无须以樊哙自比。

几番口舌争锋下来，赵王暂时让步了。然后又想办法要支开元胄，好派人刺杀杨坚。但无论赵王怎么支使，元胄就是不离开杨坚半步，对此赵王很是无奈。后来，恰逢腾王来赴宴，趁这个机会杨坚和元胄假意大声争吵，边吵边退，到门口时突然跳上此前准备好的马车，一路逃遁而去。

丧失了杀杨坚的唯一机会，宇文家族也就走到了覆灭的边缘。回到家后，杨坚立刻逼北周皇帝宇文衍下旨，定了赵王宇文招的死罪。后来，杨坚一不做二不休干脆推翻了北周政权，自立隋朝，是为隋文帝。

近代，还发生过一次更精彩的鸿门宴，就是蒋介石宴请胡汉民。

1931 年 2 月 26 日，农历正月初十，此时春节刚过，时任国民政府立法院院长的胡汉民接到了时任南京国民政府主席的蒋介石的大红请柬，请“展堂先生”（展堂为胡汉民的字）2 月 28 日晚 8 点，到国民革命军总司令部吃饭。

以前请人吃饭也是很讲究规矩的，提前三天发请柬叫做“请”，表示尊重和隆重；提前两天发邀请就是“叫”，一般是长辈叫晚辈，上级叫下级；吃饭当天再发邀请就是“抓”了，平辈朋友间常用。

蒋介石提前三天发去了请柬，还是表示了对胡汉民的尊重。1927 年胡汉民曾和蒋介石一起发动“四一二”政变，虽然当时胡正与蒋介石争权，1930 年 11 月的国民党三届四中全会上双方还发生了激烈的争吵，但平时的吃饭来往还是常见的。

况且，在这份请柬的后边，蒋介石还附上了宴会的菜单，都是粤菜名菜，也都是胡汉民爱吃的菜，这自然让在广东番禺出生的胡汉民更加难以拒绝，28 日当天欣然赴宴。

按照规定，在司令部吃饭都是要搜身交枪的，所以，胡汉民带的保镖都被缴了械，安排在偏厅用餐。这是例行程序，胡汉民没有太在意，直往宴会厅而去。

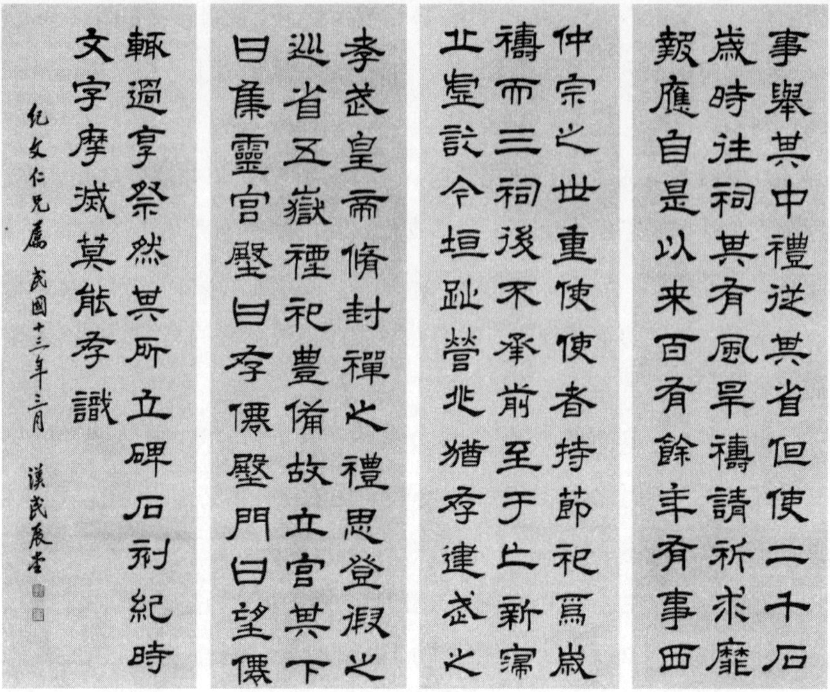

（民国）胡汉民　书法四屏（局部）

迎面有两个宴会厅，左边的大厅已经是灯火辉煌，其中已经坐了很多人，有戴季陶、吴稚晖、叶楚伧、陈果夫、陈立夫等国民党要员，也都是蒋介石的心腹。胡汉民正要入席，却被秘书叫住，请他到右边的大厅用餐，蒋介石要单独宴请胡汉民。胡汉民欣然到了右厅，却发现厅里并没有人，但桌子上已经摆满了菜，香气四溢。胡汉民不由咽了口口水，嘴里嘟囔了一句："这老蒋搞什么鬼，还不出来。"

这时，出来了一个人，却不是蒋介石，而是首都警察厅厅长。他手里拿了一封信，对胡汉民说，今天总司令有事，不能出来陪同，有封亲笔信要交给胡汉民看。胡汉民打开一看，信里列举了他的"十大死罪"。

形势如此，胡汉民立马汗水就下来了，再看桌子上的菜，中间的一道主菜"龙虎斗"的样式有些怪异："虎"（猫）的口大张着，"龙"（蛇）的头已经被吞没了，只剩下身子。这下，胡汉民腿一软跌坐在桌边，再也无心动筷子，强烈要求见蒋介石，但一直等到半夜 12 点，蒋介石也没有出现。

随后，胡汉民就被蒋介石软禁在了南京的汤山别墅，自此失去了权力。

有趣的是，1931年“九一八”事变后，蒋介石释放了胡汉民，又安排了一场宴席，菜式和那次司令部的“鸿门宴”一模一样，独独少了一道龙虎斗。

龙虎斗是广东名菜，有两千多年的历史，最早做龙虎斗是用山间的小豹子和蛇。广东气候湿热，容易生疮，吃蛇肉喝蛇羹可以预防疮疖，所以，直到今天，蛇肉在广东一带还非常流行。

但龙虎斗这道菜中的政治意义被发掘到如此的高度，相比历史上大摆鸿门宴的项羽和北周的宇文招，蒋介石还是技高一筹，人未露面已然大获全胜。

千叟宴与苏菜汇

要说中国历史上规模最大的宴会，恐怕非清朝康熙、乾隆两祖孙的“千叟宴”莫属。在我看来，这也堪称是“史上最牛”的行为艺术之一：数千老人同时用餐，又即兴赋诗几千首，名震全国，流传后世，现在的哪一个行为艺术能达到如此境界？

历史上的千叟宴共有四次，与许多伟大的故事一样，千叟宴的开头也是出于偶然。

康熙五十二年（1713年），康熙帝60岁生日将近，执掌国政50多年后，清帝国出现了前所未有的盛世景象，一些人开始主动向康熙祝寿。康熙帝顺水推舟，也觉得自古称帝者数百，却没有一个像他这样享国这么久的，决定大办自己的60大寿。随后诏告天下，凡65岁以上的耆老，都可以到京城参加“阳春园聚宴”。宴会参与者除了老人之外，还包括一些八旗的老妇人，总数达3000人之多。

康熙帝年轻时的画像

康熙六十一年（1722年），也是康熙帝执政的最后一年，再次举行了千叟宴。可能当时康熙帝也觉得自己时日不多了，从当年的正月初二开始，宴请 65 岁以上的文武大臣、致退官员等，前后超过千人。席间，康熙即兴赋诗《千叟宴》，宴会由此定名。

俗话说“隔辈亲”，乾隆一生都视爷爷康熙为其最大的偶像，模仿追随康熙的行为也是他最大的人生梦想。

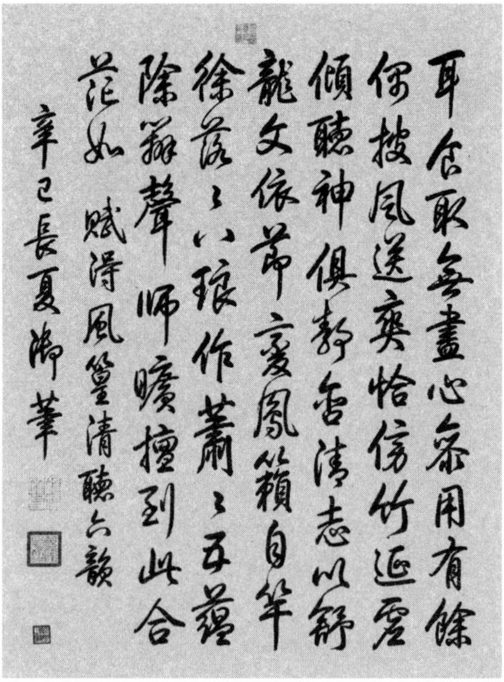

（清）乾隆皇帝行书 风篁清听轴

乾隆五十年（1785 年），他自觉已经有资格像康熙那样举行千叟宴了。补充说明一下，乾隆提前一年就开始大做准备了。乾隆四十九年（1784 年），他就通知朝鲜和日本的使臣留在北京，准备参加明年的盛典。当年十月，乾隆还向全国发布“千叟宴征集令”，其中规定，65 岁以上者不论官民，在京四品以下官 60 岁以上者均可参加来年正月的大宴会。

乾隆五十年正月初六，千叟宴在乾清宫如期举行，60 岁以上的参加者超过了 3000 人，共开席 800 多桌。乾隆自是非常高兴，学着康熙《千叟宴》诗的原韵，也写了一首《千叟宴》，其中有云：“君酢臣酬九重会，天恩国庆万春延。祖孙两举千叟宴，史策饶他莫并肩。”参加宴会的老头们自然也懂得哄乾隆开心，也纷纷即席赋诗，共计 3000 多首，堪称一场超级“赛诗会”。

最后一次是嘉庆元年（1796 年），享国 60 年的乾隆不想超过其祖父康熙，于是主动退位，让儿子嘉庆登基。算是告别，也算是纪念，当年正月初四，在宁寿宫皇极殿再举千叟宴，参加者有 3000 余人，当时乾隆已经 86 岁，参加千叟宴的人的年龄门槛也提高到了 70 岁以上。

千叟宴是文化秀，更是康乾两代皇帝的政治秀，也像是盛世的留影。

乾隆以后，国力日渐衰落，于是，千叟宴也渐渐变成了一个传说。

由于记载详细，千叟宴也为我们留下来了宝贵的清代食单，甚至可以看作某种意义上的满汉全席的雏形。

比如，乾隆五十年的那次千叟宴，一等席有火锅两个、猪肉片一个、羊肉片一个、鹿尾烧鹿肉一盘、腿羊肉乌叉一盘、还有螺蛳和小菜两个、乌木筋两个，以及肉丝汤饭等，这已经与现在的饮食十分相近，比如螺蛳这种小菜品，明显是传自南方，可见当时满汉菜品的融合已经达到很高的程度。

千叟宴后，皇帝还给与宴的老人颁赐如意、寿幛、朝珠、貂皮、文玩、银牌等，让尊老敬老风靡一时，虽然耗资巨大，但产生了积极的社会作用。

千叟宴太出名了，以至于后世不断有人模仿。2006 年 10 月 28 日，广西永福邀请全国 1199 名 70 岁以上的老人，摆了 200 桌宴席，组成一个巨大的“寿”字，参与者平均年龄达到 75 岁，再现了千叟宴这一久远的盛景，而且宴会所组成的寿字，也被列入了《吉尼斯世界记录》。

中国历代都不乏盛宴，千叟宴自是其中登峰造极的一种。而说到近代的盛宴，特别是对一个菜系有重大影响的宴会，就不得不提到民国名宿陈果夫了。

陈果夫是民国要员，也是蒋介石的心腹，而他另一个名头则是“著名美食家”。

陈果夫任江苏省政府主席时有一个习惯，就是喜欢请同僚到其家中用餐，但是有一个条件：来者必须带一道自己家乡的特色菜，或者地道食材。

这种宴会举行多了之后，江苏大大小小的官员也都知道了他这个癖好，于是纷纷送来美食美材。1937 年元旦，陈果夫索性搞了一次“名肴大赛”，让各地的官员都带家乡的名菜参加，按色、香、味、形、意的标准，评出其中最好的一道菜。

这次宴会几乎聚集了日后苏菜中所有的名菜，也可以说是以苏菜作为独立菜系的一次系统、成熟的展示。有名菜如苏州的鲅肺汤（用鲅鱼的鱼肝和火腿做成），江阴的河豚鱼，无锡的脆鳝（鳝鱼加调味料油炸而成）、肉骨头（即排骨），常熟的酱鸡，松江的四鳃鲈，镇江的肴肉（有名水晶肴肉，即猪蹄），扬州的蟹粉狮子头，等。

评选的结果出人意料，这些名菜纷纷落马，陈果夫所创的一道虾仁锅巴夺得魁首。

这道菜应是源于乾隆年间已经出名的苏州“天下第一菜”，只是陈果夫的做法有所变化，他是把番茄、虾仁、锅巴和神仙鸡（即炖鸡）结合起来创新了这道菜。

原来的天下第一菜是先把锅巴炸好，再倒入汤汁。而陈果夫的做法是先炖鸡汤，最后再放入锅巴，这时锅巴遇热会发出嗤嗤的响声，香气四溢，酥脆鲜美。

这道菜的颜色搭配也很讨巧，红有番茄，黄有蘑菇，白有鸡丝，绿有青菜，粉有虾仁，绚烂夺目。外加上菜有声，香味四溢，算得上色美、味美、音和、上口，“四德俱全”。

众人一试吃，果然妙不可言。一位幕僚当即吹捧说：“蘑菇与番茄并列，中外一体；虾仁与蘑菇共存，水陆并用；锅巴与鸡汤，干湿并存；虾仁与雄鸡，能伸能屈。可谓面面俱到，实至名归。”

看到这菜受到大家追捧，陈果夫大喜，当即挥毫做了一首《天下第一菜颂》：

是名天下第一菜，色声香味皆齐备。宴客原非专惠口，自应兼娱眼耳鼻。此菜滋补价不贵，可代燕耳或鱼翅。番茄锅巴鸡与虾，不独味甘更健胃。燥与湿兮动与植，中外水陆品类萃。勇能赴敌屈能伸，因物尤可激志气。我今郑重作宣传，每饭不忘愿同嗜。

这首诗后来还发表在报纸上，广为传播。所以，在民国时代，陈果夫代表的苏菜、胡汉民代表的粤菜、谭延闿代表的湘菜，还有当时流行的上海菜，均风行海内，堪称当时的四大菜系。

锅巴的做法其实有很多，川菜中也有类似于锅巴虾仁的做法，仅以浇锅巴的汁论，就有三鲜肉片汤、鸡肉墨鱼汤等。我对这个菜也作了些改造，比如，浇汁用酸菜鲜鱼片汤、酸菜土豆泥汤（这个是全素的）、泡菜肉片，等。

此外，我还做过一道土家汉堡。锅巴油炸后，用两片做皮，里边放上盐菜、豆腐干泥、土豆泥，成为馅儿，因为盐菜是土家族的菜，所以叫“土家汉堡”，吃起来香脆爽口，非常独特。

说到锅巴，川地认为“鼎罐米饭”所剩的最好，但很难得。做虾仁锅巴，用普通的锅巴也很好，这道菜名气很大，味道很好，操作起来其实并不麻烦，可以家常来做。

而虾仁锅巴抗战时期在重庆还有个别名，叫做“轰炸东京”。全因彼时重庆饱受日机轰炸之苦，有家饭馆就想出了这个“解恨”的名称，上菜的时候，用热汤浇在锅巴上，嗤嗤作响，再吃到肚子里，很是过瘾，咀嚼时嘎吱嘎吱作响，也可当做对日军“咬牙切齿”的报复。

第五辑

厨里乾坤

穿越『历史灶台』的美丽女厨神
姜还是老的辣
称心如意菜
吃相　相吃
这样才叫美食家
吃你的豆腐
饮食的行为艺术
吃的工具
醋意　醋味
把握火候
柳叶花刀说刀工

穿越“历史灶台”的美丽女厨神

在英国美食界，有位大名鼎鼎的美女厨娘奈吉拉·劳森。她所主持的一档电视节目“吃定奈吉拉”充满了食色诱惑，可谓颠倒众生，所出版的同名书在英国也是超级畅销书，被誉为“美丽女厨神”、“性感厨娘”。

国内美食节目众多，但能比得上奈吉拉·劳森还没有，至于那些大叔、大婶、丑男主持的节目，更是让人不忍一看了。

但是，回溯历史，说到厨神级的美女，中国古代还真有那么几位。

在一般人的印象中，大厨往往都是男人，因为做菜需要操刀杀生，忍受烟熏火燎，有时候甚至是重体力劳动，不是一般柔弱女性能胜任的，更别提弱质纤纤的美女了。然而，在中国古代十大名厨中，居然有六位女性，包括秦淮名妓董小宛，这未免太出人意料了。

或许，这是因为美丽的女子难得，会做菜的美女就格外能被人铭记吧。

这第一位女食神是唐代的膳祖，看名字你就知道她做菜有多么牛了。膳祖是唐代宰相段文昌的家厨，对美食的选料、加工、制作等各方面都非常精通，也是在此基础上，成就了段文昌传世的《食经》五十章。

段文昌很多人不知道，但他的儿子段成式在历史上非常出名，一本《酉阳杂俎》堪称奇书，被历代文人所重视。《酉阳杂俎》中记载了当时各地的很多美食，但其中很大一部分是私家菜，也就是膳祖所创的菜肴。有兴趣的读者可以找来《酉阳杂俎》细细研究一番，顺便也可一探这位唐代厨娘的风采。

第二位就是唐代的梵正。梵正是个尼姑，这自然是她的出家法号，虽然遁入空门，不知为何还如此热衷美食，这大概也与当时的社会风气相关。比如同样在盛年出家的女道士鱼玄机，在唐代也是大大有名。史书上没有记载梵正的长相，想来也是眉清目秀吧。

据陶谷的《清异录》记载："比丘尼梵正，庖制精巧，用炸、脍、脯、腌、酱、瓜、蔬、黄、赤杂色，斗成景物，若坐及二十人，则人装一景，合成辋川图小样。"

仅凭这一道菜，梵正就可名列十大名厨了。这道根据唐代著名诗人王维晚年隐居地辋川别墅的画图做的拼盘，可谓色、形、意、味俱备，不但需要精湛的手艺，更需要对王维诗画的深刻理解以及高超的艺术构思，才能达到"菜上有山水，盘中有诗歌"的绝妙意境。说起来，梵正实在算是一个才女型厨神了，可惜早早遁入空门，难道是因才华太高不堪尘世的羁绊？

第三位是宋代的刘娘子。刘娘子是宋高宗赵构的家厨，在赵构未登基前，掌理赵王府膳食。宋高宗登基后，她也自然成为御厨。这实际上有些违背规矩。按照规定，女人是不能做御厨的，因为当时的尚食是五品官，由一个女子来担任不太合适。但宋高宗就是喜欢吃她做的菜，内廷也没有办法，只好破例。得宋高宗如此青睐，想来她的长相也不会差。

第四位是宋五嫂。宋五嫂原籍山东，北宋末年，逃难到临安（今杭州），在城外开一个小餐馆。她最擅长做鱼羹，因此闻名京城。由其创制的鱼羹也一直传到今天，名为"宋嫂鱼羹"，是一道浙菜名菜。

宋嫂鱼羹由鳜鱼做成，味道鲜美，味道非常像螃蟹，又名"赛蟹羹"，在当时就非常有名。宋代吴自牧的《梦粱录》记载的"杭城市肆各家有名者"，其中就有"钱塘门外宋五嫂鱼羹"。

又据宋代周密的《武林旧事》记载，南宋淳熙六年（1179）三月十五日，高宗赵构乘御舟游西湖，至钱塘门外，时近中午。侍从告诉他说这里有家菜馆鱼羹鲜美，赵构就召宋五嫂上船现场烹制，赵构吃后大赞鲜美，厚赏宋五嫂，五嫂从此扬名天下。直到今天，宋五嫂仍被业界

（清）袁枚、万承风书法扇面（两件）

尊为“烩鱼之祖”。

第五位是明末清初的名妓董小宛。董小宛为明末“秦淮八艳”之一，她与当时的名士冒辟疆、钱谦益等人的交往为后世所津津乐道，敷衍出很多故事。董小宛不仅美丽多才，在美食上也是很有造诣，所烹制的糕点、美食，被人竞相模仿，名满江南。她做的桃糕、西瓜糕、菊花糕等都堪称绝美，引得无数文人竞相品评。

第六位是清朝的萧美人。她住在江苏仪征，最擅长做点心。在清代著名美食家袁枚的《随园食单》中，单独有一则“萧美人点心”，其中说道：“仪真南门外，萧美人擅制点心，凡馒头、糕、饺之类，小巧可爱，洁白如雪。”

袁枚对萧美人点心的热爱达到了狂热的程度，乾隆五十七年（1792）重阳节，袁枚曾托人专门到仪征订购了三千个点心，并将其中的一千个送给当时的江苏巡抚奇丰额。

奇丰额吃后赞不绝口，特意写信向袁枚询问这糕点的来历，袁枚做了一首诗回复道：“说饼佳人旧姓萧，良朋代购寄江皋。风回似采三山药，芹献刚题九日糕。洗手已闻房老退，传笺忽被贵人褒。转愁此后真州过，宋嫂魚羹价益高。”

有意思的是，袁枚在其中把萧美人比做了宋五嫂。

有了这些达官显贵、文人雅士的宣传，萧美人真是想不出名都难。至今，扬州还多有号称得到萧美人点心真传的点心店，偶有美味者，但恐怕已不复当年的“萧美人味道”了。

清代还有一位女厨神赵荔凤，是著名的“谭家菜”创始人谭宗浚的儿媳妇。赵荔凤虚心好学，广采多家名菜特长，成为谭家菜的集大成者。在她的不断创新下，谭家菜的品类达到了200多道，其中最出名的是黄焖鱼翅。

谭家菜最初属私家菜，后来走向社会，成为京城名菜，当时有“食界无口不夸谭”的说法，报界有“其味之鲜美，需南面王尤不及”的评价。民国时，大画家张大千就嗜食谭家的黄焖鱼翅，还曾做出过将刚出锅的鱼翅空运到南京的豪举。

在黄萍荪的《四十年来之北平》一书中，记载了时人吃谭家菜的盛况：“耳食之徒，震于其代价之高贵，觉得能以谭家菜请客是一种光宠。弄到后来，简直不但无‘虚夕’，并且无‘虚昼’，订座往往要排到一个月以后，还不嫌太迟。”

还有一位就是麻婆豆腐的创始人陈麻婆，这应算是一位另类美女吧。

关于美女厨娘的话题，我曾经与著名美食家沈宏非有过一次探讨。得出的共识是，现在的美女都在“远庖厨”，而会做菜的美女更是越来越少了。自己的拿手菜，应该是自己发明的、独到的，而不是什么西红柿鸡蛋、鱼香肉丝等到处可见的。

朋友中间算得上美丽厨娘的，作家虹影是一位，她有本书叫做《我这温柔的厨娘》，是把西餐和川菜糅合在一起，可以说比较成功。

“要抓住一个男人的心，就要抓住他的胃。”女人除了美丽和才情之外，学会美食，能平添很多额外的魅力。话题扯远一点，一代才子胡适当年娶没有多少文化的江冬秀为妻，并且相伴一生，这中间，江冬秀能做一手好菜可能也是一大原因。

姜还是老的辣

俗话说：姜是葱的情人、蒜的兄弟、花椒的表哥。

从植物学上说，姜是一种多年生草本植物，它的块状根茎是中国菜最重要的调味品之一。经过上千年的发展，姜在中国已然成为一种文化了，而最著名的就是那句“姜还是老的辣”。

这句话其实很有道理：成熟的新鲜姜根茎富含水分，被称为“生姜”，生姜放久了，水分丧失，就变成“老姜”，老姜的辛辣味愈加浓烈，自然是“姜还是老的辣”了。

按照姜成熟度的不同，作为调味品的姜可以分为：姜芽、仔姜、生姜、老姜、泡姜、南姜、沙姜。此外还有一种洋姜，是外来品种，但一般是做咸菜吃，不用做调味品。

如果用一个女子作比，姜芽就是小女孩；仔姜是青春期的少女；生姜是丰腴的熟女；老姜则是风情泼辣的少妇；南姜是南方温婉的女子，味道淡淡的，一般专用于潮州菜；沙姜则是可爱的广东妹，别名山萘，味道独特，一般用于广东菜中，从著名粤菜沙姜鸡就可以略知其地位。

姜味道辛辣，具有去腥留香的功能，烹饪术语叫“定味”。这太难能可贵了，但当遇到极端的腥膻味道时，姜的力道就不够了，需要它的表兄弟花椒和豆蔻来帮忙搞定。

在做鱼的时候，一般都要用姜片加上葱、料酒来码味半个小时到一个小时，去腥的同时，还能保留鱼的香味儿。

姜虽然能去腥留香，但是遇到特别细嫩的肉，会让肉丧失部分弹性，影响到口感，所以广东菜的鱼生和日本料理中的刺身，都绕开姜，用芥末或者其他特殊的香料代替。做海鱼的时候，一般也是加一些更加柔和的葱，而不会用到姜。

姜还能杀寄生虫，所以吃海鲜，特别是螃蟹、螺蛳等食品时，多用姜汁沾食，一方面去腥，另一方面也可以防病驱寒。

对于姜的使用，不同的用法也能区别各个菜系，生姜和老姜是西南片区菜系中常用的调料，而且用量很大，多配合花椒等，令菜味辛辣、麻鲜，仔姜在这些片区的菜系中也常用。前面已经提到，南姜和沙姜是潮州菜和广东菜中常用的，但姜在这些菜系中用量较少，更像一种香料。

炮姜是用干姜在沙子里炒到表皮鼓起，表面呈棕褐色。炮姜也是常用的中药材之一，具有温中散寒、温经止血的功效，用于治疗脾胃虚寒、腹痛吐泻等。

受四川泡菜的启发，我开发出了一种新的调味姜——泡姜，具体做法是把仔姜或者生姜切成片，放在泡菜坛子里泡，炒菜的时候即可捞出使用。

与其他姜的调味品相比，泡姜保留了姜的鲜、香，辛辣味有所减弱，但更加脆，加热油炒后，有种特殊的香味。

我炒回锅肉的时候，就会用上泡姜，加上甜面酱、郫县豆瓣，具体做法是先将新鲜的猪臀尖肉爆炒出油，捞出，用剩下的油炒姜，再加入甜面酱和豆瓣用小火炒，出香味后加入肉再炒。

这里特别提醒一下，炒回锅肉，最好的食材就是猪臀尖肉，猪的这个部位的肉三分之二肥、三分之一瘦，既适合炒油，又适合入味出香，口感也好。

对于姜的使用，饮食江湖中有人不断在摸索，比如在成都就出现了以仔姜为主题的特色餐厅，这个餐厅所有的菜里都有仔姜的身影。广东菜中除了前面提到的沙姜鸡外，还有姜芽炒鸭，上海菜有瓜姜鱼丝，江苏菜有嫩姜鸡脯，扬州菜有仔姜肉丝，福建菜有芽姜牛肉片，湖南菜有老姜云耳肉片汤，等。

在四川菜中，“姜汁味”和“麻辣味”、“鱼香味”一样，是川菜中一大“味系”。比较著名的菜品就有：糖醋仔姜、姜汁豇豆、姜汁蹄花、姜汁肘子、姜汁拐肉等，这里的“拐肉”是指猪蹄和猪肘子之间的那部分肉，味道和肉质也介于二者之间，非常独特。

姜一般是作为调味品来使用，但有的时候也直接掺和在食材中。比如做肉丸子，就适合把姜和肉一起剁碎，加水、盐、芡粉、面粉和匀，再挤成丸子。

做猪肉丸子有两个地方要特别讲究，其一，一定要加盐，但不要多加，这样做成丸子汤的时候，味道自内而外地散发，会非常的香；再就是最好选用猪的颈部肉，这里的肉活，质脆，七分瘦、三分肥，做出的丸子别有味道。

受北京烤鸭的启发，结合泡姜的特点，我还独创了一道春江鸭粒。将麻鸭的肉剁成粒状，加入食用油，在锅中爆炒至酥脆，捞出，然后加入泡姜过油，再加甜面酱，再放入鸭肉炒，最后加入葱。

姜和葱都是重要的调味品，葱的作用主要是增香，但在使用上略有不同，姜一般都要先放入油中炒出香味后，再放入菜炒，而葱是爆一下即可，而且多在做菜的中后段放，作为姜的辅助。

从这个意义上来说，葱很像姜的情人，形影不离，但永远处于陪衬、辅助的位置。

花椒就不同了，它的个性比较“刚烈”，往往要和姜放在一起在油中炒香，而且在姜“搞不定”特殊味道时，花椒往往“挺身而出”，很像姜的一个仗义好兄弟。

对于姜的食法，清代大诗人，大美食家袁枚在其《随园食单·小菜单》中专列了一条“酱姜”，说到“似生姜取嫩者微腌，先用粗酱套之，再用细酱套之，凡三套而始成。古法用蝉蜕入之，则姜久而不腐”。用蝉蜕来保鲜，这种办法略带“巫术”色彩，现在还是用冰箱保存来得更稳妥保险一些。

除了调味，姜在日常生活中还有很多妙用，有句俗话说“冬吃萝卜夏吃姜，不用医生开药方”，众所周知，姜汤可以驱寒、治疗感冒，还有温中止呕、祛痰解毒的功效。

很多人误以为喝茶可以解酒，其实，一般的茶并不解酒，而姜茶却可以。做法也很简单，把姜切成片放入茶中，热水泡制即可，也可以放在一起煮，效果当然更好。

但要注意，食用姜虽有众多保健治疗作用，但姜是散发性的食物，不适合晚上吃，否则会影响睡眠和脾胃。俗语“上床萝卜下床姜”，正是说的这个道理。

在中国文化中，姜早已超越了植物、调味品这一范畴，在医药、文化、甚至巫术领域都有深刻的影响。

《吕氏春秋·本味篇》中记载：“和之美者：阳朴之姜，招摇之桂，越骆之菌，鳣鲔之醢，大夏之盐，宰揭之露，其色如玉，长泽之卵。”

意思就是用于调和味道，好的调料第一种就是“阳朴之姜”。对此，东汉高诱注解说“阳朴”在“蜀郡”，也就是今天的四川境内，具体是哪里已经不可考。

直到今天，四川仍产优质的生姜，比如乐山市和德阳市的罗江县。可见，姜这种调料在四川，至少在东汉时期就盛行并已经很出名了，因此也成为川菜的历史源流之一。

在马王堆汉墓中，出土了十几种植物香料，包括花椒、佩兰、茅香、辛夷、杜衡、藁本、桂、高良姜等。据学者考证，汉代人使用香料既有着调味的目的，又有宗教祭祀、香身、保健、防腐等实际用途，更有着对香料所蕴含的精神气象的迷恋。姜，自然也是位列其中，具备实用和精神两种气质。

在我看来，孔子是中国最早最大的美食家，他对于姜也有专门论述。如《论语·乡党》中就说：“沽酒市脯不食。不撤姜食，不多食。”

《乡党》这一篇，主要描述孔子的日常生活习惯、形态，可以说是孔子个人生活的“花絮”，这一段具体说的就是孔子很爱吃姜，达到了“不撤姜食”的地步，也就是每顿饭都必须要有姜，但又谨守原则绝不多吃。

（五代）巨然　秋山问道图

对于孔子的“不撤姜食”，后来还发展出了一个成语。据《太平广记》记载，南朝时南梁的周舍“少好学，有才辩”。一次，他和河东人裴子野一起吃饭，裴对宾客说，“后事未尝姜食”，也就是不吃姜。这时周舍机灵地答道：“孔称不撤，裴曰未尝。”引起满座大笑。周舍在这里把裴子野和孔子并称，这马屁拍得算是非常高明。

姜的一大功用就是可入药，感冒了喝姜汤已经是中国人都知道的常识，但这里有一个讲究，如果是治疗热感冒，熬姜汤的时候最好用去皮的生姜，而治疗冷感冒（伤寒），熬姜汤时用带皮的姜最好。

另外，姜还可以健脾胃，驱寒湿。生姜汁加上蜂蜜可以治疗中暑呕吐、化解积食、打嗝等，而喝姜茶还可以治疗痢疾。

姜所具有广泛的养生功用，历代都受到推崇。宋代文学大家苏东坡在《东坡杂记》中写道：“予昔监郡钱塘，游净慈寺，众中有僧号聪明王，年八十余，颜台渥丹，目光炯然。问其所能，盖诊脉知吉凶如智缘者。自言服生姜四十年，故不老。云姜能健脾温肾，活血益气。”看来，这位鹤发童颜的老僧的养生秘方就是“服生姜四十年”。

靠生姜长寿虽然无法验证，但现代医学证明这确实有一定的科学道理：生命之所以衰老，自由基诱导氧化反应，细胞遭到破坏是其主要原因之一。常食生姜能祛除老年斑，生姜含多种活性成分，尤其是姜辣素有很强的对付自由基的能力，作用甚至超过抗衰能手——维生素 E。

苏东坡也是一位爱姜的人，不但自己常常吃，还送给亲人，朋友，曾写诗云：“后春莼茁滑如酥，先社姜芽肥胜肉”（《扬州以土物寄少游》）。

一次，苏东坡与好友姜至之等一起饮酒，姜至之提议行“酒令”，并要说出座中客人是一味中药名。姜至之指着苏东坡说：“你是药名紫苏子。”苏东坡也说：“你不是半夏就是厚朴。”姜就问为什么，苏轼回答：“如果不是半夏、厚朴，何以说姜制之？”

半夏与厚朴用姜汁炮制，是传统验方。金代张元素《医学启源》记载：“生姜，制厚朴半夏毒。”元代李杲说：“生姜之用有四：制半夏厚朴之毒一也。”

苏轼还把收集的方剂写成《苏学士方》，后来有人把这本书与沈括的《良方》整理合并为《苏沈良方》，流传至今。

刚出土的生姜，特别是姜芽，光洁可爱，还带有淡淡的紫红颜色，很容易给人以美好的联想，特别是关于美女。宋代诗人刘子翚有一首《咏姜诗》：“新芽肌理细，映日莹如空。恰似匀妆指，柔尖带浅红。”写的就非常感性、传神，把姜比做美人的纤纤玉指。

又有文人把姜芽比做毛笔字的笔锋，例如，唐代诗人柳宗元的诗句：“柳家新祥元和脚，且尽姜芽领手徒。”

明清之际的大思想家王夫之一生爱姜，并取号“姜斋”，传世作品也叫做《姜斋诗话》。他写过一首《卖姜词》，其中说姜“最疗人间病，乍炎寒”。

“姜茶”在宋元时，早就进入寻常百姓家。你看，《水浒传》第24回中就写到，王婆家就卖姜茶，见人来“便浓浓的点两盏姜茶，将来放在桌子上。”

另一个相关的小说人物西门庆，最爱吃的是“大通姜”。《金瓶梅》第54回写道：“西门庆来到，衣帽整齐，四个小厮跟随。众人都下席迎接，叙礼让座……伯爵就催琴童玳安拿上八个靠山小碟儿，盛着十香瓜，五方豆豉，酱油浸的花椒，酽醋滴的苔菜，一碟糖蒜，一碟糟笋干，一碟辣菜，一碟酱的大通姜，一碟香菌。”光是在小吃上就有这么多讲究，明代人的生活奢华程度可以想见。

明朝遗民、广东番禺人屈大均对美食有精细的研究——他也被认为是粤菜之父。屈大均有一首《斫脍诗》：“出水鲜鳞作脍宜，蛮姜蜜酒沃红肌。相过一味鱼生足，不必重为鸡黍期。”这里用的是“蛮姜”，也就是沙姜，至今仍是粤菜常用的调料。

除此以外，在西南地区，姜还进入了巫术的领域。至今，在四川的很多山区，走山路的人嘴里一定要含着一片生姜——当地人认为姜可以驱邪。

姜在一些地区是备受推崇的神圣之物，但也被一些宗教认为是禁忌之物。如元代的全真教就把姜、韭菜等都列为禁食的食物，认为其辛辣不洁。

经过现代工业的改造，姜如今的用途更广了，姜油、糖姜片等被广泛使用，甚至开还发出了一种口感特殊的“姜汁啤酒”，据说很受欢迎。

称心如意菜

豆芽菜，常见却不平常，自古以来就是百姓最常吃的一种菜，因其长度为一寸，形状似如意，因而被叫做“称（寸）心如意菜”。直到现在，江南民间还有这样的习俗，就是正月初一这一天，家家都要炒一盘豆芽菜，以祈求来年事事称心如意。

由于豆芽菜实在太便宜，所以很难登上大雅之堂，也少有机会上“大席”。然而，偏偏有人专门为豆芽菜“鸣不平”。如明代御史陈嶷著《豆芽菜赋》为其翻案；清代美食家袁枚将豆芽写进他的《随园食单》为其撑腰；慈禧的厨子张永祥做拿手菜酿豆芽为其树碑。自东汉以来，豆芽菜就像豆腐一样已遍及中国的大城小镇。

黄豆芽煮汤，绿豆芽炝炒，是巴蜀人家对豆芽菜的基本吃法。黄豆芽与蘑菇、笋并称素鲜“三霸”，做汤菜或烧菜时用于提鲜，比如豆芽豆腐海带汤、海米烧豆芽等。

成都的玉林有一家“三倒拐餐厅”，其招牌菜就是黄豆芽炖肉丸，店家在餐厅的中央用文火慢煨一大锅，一边展示一边现场售制，进来的吃客每人都会要上一份。这黄豆芽鲜嫩爽脆，肉丸入口香味十足，化渣不腻，可谓市井奇菜。

曾以开水白菜、红烧熊掌等拿手菜享誉海内外的川菜大师罗国荣，1941 年在成都创建“颐之时餐厅”时，自创了一道别具一格的芽菜包子。我在成都生活的十年中，一直寻找着这道名点，就像《北京人在纽约》

的主题歌唱到的“千万里，我追寻着你……”但一直没追寻到这款豆芽包子，估计在成都已经失传多年了。

好在，川菜名家罗国荣大师的高徒黄子云记录了这一名点的制作方法：将发好的500克面内加入50克白糖揉匀，揪成30个左右的剂子，擀成中厚边薄的皮，肥三瘦七猪肉750克绞成肉末，黄豆芽掐去根部洗净，控去水分，葱姜切末，豆瓣酱剁碎，锅烧热（不要放油），下入豆芽煸熟，锅洗净烧热，放入200克猪油，油热时下肉末炒熟，再下入豆瓣酱炒出香味时，放入酱油（少许）、盐、味精、白糖（少许）、葱花、姜末调味，用少量水淀粉勾芡后，放入平盘内，再将煸好的豆芽和在炒好的肉末内晾凉，把肉馅放入一面皮内，包成大小均匀、分量准确的提褶包子。其特点是：包子皮松软，馅有咸、香、辣、鲜味。

如此详细地记述做豆芽包子的方法，只不过希望有人能把罗大师创造的这一四川名点发扬光大，因为一看上述做法，就知道这包子好吃无疑。就我自己来说，想“这一口”可想了十几年了啊！

而绿豆芽宜凉拌和爆炒。从宋代开始，绿豆芽的曾用名有豆苗、玉髯、巧菜、豆芽菜、豆莛、如意菜、掐菜、雀菜、银芽、银苗、芽心等。由其制成的凉菜有：银芽拌鸡丝、炝银芽、银芽拌金针菇、银芽拌凉面、油泼银芽等；热菜有：掐菜牛肉丝、素炒绿豆芽、银芽炒鸡丝、银芽炒鱼丝、银芽爆腰片等。

因其色白如玉，形似银针，口感酥脆，豆芽被经常用做炒爆菜品的配色、配形和调剂口感的配料，以及部分荤菜的垫底，也可混炒、混爆等，真可叫“三陪豆芽”了。

我曾用黄豆芽炒过腊肉丝，先净锅煸炒黄豆芽捞起，然后放菜籽油辣椒节炝炒腊肉丝，再放煸熟黄豆芽翻炒起锅，成菜腊香脆柔、爽口下饭。我也把绿豆芽用泡菜水泡成过“泡银芽”，夏天泡四小时，冬天泡十二小时，爽口且解酒解腻。我又把泡银芽与魔芋丝（加盐，出一水）炒成泡银芽炒魔芋丝，口感脆柔清爽。

在用旺火炝炒绿豆芽的过程中，我喜欢沿锅边放入少许香醋和葱姜料酒，让其起白烟，这样快速翻炒出的绿豆芽，又嫩又脆又香。在下面条时，我也会加绿豆芽，有独特的口感。民间偏方中，将绿豆芽与鲫鱼同炖，还是产妇催奶之妙方。

吃相　相吃

中国人的餐桌礼仪是很严苛的，从小到大要不断地被灌输很多规矩，比如，吃的时候要绷着嘴嚼东西，不能出声音，动作要缓，不能噼里啪啦的。场面越隆重，吃相要求越庄重，吃的过程也就越痛苦，这样就算面对向往多时的美味，此时也可能没了胃口。

从美食的角度看，不同的食物要有不同的吃相来吃，才算“吃得其所”，快哉，快哉！

小时候我很调皮，常常被大人教训“站没站相，吃没吃相”。现在回忆起来，的确，饭桌上没少打破碗碟，后来家长干脆给我一个大的、摔不破的洋瓷（搪瓷）缸子，盛上米饭扣上菜，任我端着到街上或者邻居家去“游吃”了。

几个小伙伴，一起端着碗到街上聚集，一边聊着一边大吃，还有意无意地比着，多了一份香甜。至今，我还能清晰地回忆起当时饭菜塞满口腔筷子不断搅动的感觉。平常我们说味觉，往往过分强调了舌头的作用，其实，口腔在味觉中也占据了非常重要的位置，比如吃盖浇饭，如果小口小口用调羹挖着吃，总不如用筷子往嘴里扒满的感觉香。

那时候吃的姿势也是随心所欲，坐着、站着、蹲着、靠着墙……无拘无束，能自由的吃东西真快乐！

后来生活变化，居住的城市越来越大，吃的东西越来越好，但却吃的越来越不自由。吃饭不叫吃饭，叫“饭局”，吃东西反而成了次要内容。而且但凡饭局，还犯了一个美食的大忌，就是吃东西的时候会频频被打断，不断有人说话。还有就是菜是一道道地上，中间往往间隔时间长，断了胃口，也断了美食的兴致。我认识的几个爱吃之人，比如沈宏非，吃东西的时候绝对是心无旁骛不和人讲话的，堪得美食真味。

在吃食物的方式中，“偷嘴”是最刺激的一种，有些食物，只有偷吃的时候才香，一旦上桌反而没了欲望，比如腊肠、卤制的鸡腿、炸制食品等。刚出锅的腊肠热气腾腾，香气四溢，对人构成了非常大的诱惑，忍不住就会偷一块儿放到嘴里，因为是偷，多了一份不好意思，一般会满口吞入，食物往往还发烫，颇有些狼狈地咀嚼咽下，非常难忘。

偷吃的东西之所以会多几分香鲜美味，还有一个原因就是，偷的时候往往是比较饿的时候，而且面前的食物非常单一，这时候进食，相比面对满桌子的菜肴，记忆自然更加深刻。还有就是，在烹饪的过程中，刚刚出锅的美食，总是热气和香味最盛的时候，经过摆盘再送上桌，已经凉了不少，香味自然也减淡了。

偷嘴当然不符合中国饮食礼仪，中国人可以说是把礼仪和美食完美融合在了一起。《礼记·礼运》记载：“夫礼之初，始诸饮食”。所以中国饮食可以说是“食中有礼，寓礼于食，食中藏教，食中藏乐，食中藏情”。

最早的食礼与原始的祭祀直接相关。还是在《礼记·礼运》中记载，“夫礼，必本于天，肴于地，列于鬼神”，“其燔黍捭豚，污尊而抔饮，蒉桴而土鼓，犹可以致其敬于鬼神”。祖先凿地为樽，敲击土鼓作乐，配以美食向神明表达敬意——所以你能发现，在中国古文字中，与祭祀有关的字也多与食物有关。

这种用食物来表达人与神之间的关系的方式，逐渐被应用到人与人之间，成为礼仪规范。怎么吃，吃什么，用什么容器吃，也成了区别身份地位的最重要标志。《周礼》就详细规定了天子、诸侯、大夫等用餐时的器具、配乐等的不同。后来孔子感慨“礼崩乐坏”时，就列举了很多诸侯和大夫吃饭时僭越礼制的情况。

在西方社会，曾经一度以使用香料的多少来区别身份地位，与我国有异曲同工之妙。这种习俗目前在印度的文化中还有不少遗留，印度家庭多以拥有配食香料多为荣。

越到后来，餐桌渐渐变成了各种理念、规则角逐的战场，食物本身的味道自然就被打了折扣。吃，本来是人最原始的本能之一，吃东西本来也是最原始的快乐，如果限制太多，就变成了痛苦和折磨。

小时候不愿意上桌吃饭，一个重要原因就是吃饭的时候被大人要求要坐直，夹菜、喝汤、吃面条，都不能出声，规矩一大堆，即便吃得不爽也不能中途离席，实在令人痛苦，后来干脆逃离。

后来最痛苦的是和领导（很多领导）一起吃饭，要加倍小心，察言观色，百般应付，夹菜、吃东西都成了固定模式，每吃一次，疲惫万分，甚至忘了吃的是什么。

现代城市中的工作餐制度实在是违反人性，有的公司为了节约时间，往往利用吃饭的时候开会，更是大大破坏了人们的食欲。这固然有工作节奏快、事情多的无奈，但还是尊重一下人类的食欲本能，不要把进食仅仅当做工作间歇的燃料添加为好。让员工吃得好，吃得开心，真是做老板的一大境界。

目前流行的分餐制我也一向反对，这样吃当然更卫生，但也违背了进食的乐趣原则。本来城市中人与人就隔膜感重，容易感到孤独，吃饭时再冷冰冰地分成一个个碟子，互相几乎不交流地吃东西，就加重了这种感觉。这可能也是为什么大家一起涮着吃的火锅会如此火爆的一个社会心理原因吧，一起吃东西其实是一种交际本能的需求。

户外烧烤是最接近原始进食乐趣的一种行为，如果是一起打猎再分工烧烤、共同进食就更像了。大家分工合作，共同为一顿美食忙碌，最后再一起边吃边聊，真是说不出的快乐。

想来身为“孤家寡人”的皇帝也是难熬独吃的寂寞，清朝的皇帝就时不时拉上亲信部下去围猎烧烤，这在乾隆年间的名画《盛世滋生图》中有详尽的描绘。

（清）徐扬　盛世滋生图（局部）

这样才叫美食家

我一向认为美食是人间最持久的娱乐，需要志向相同的人来一起参与、分享才快乐。而“吃独食”总是少了一份热闹做作料，所以，即使皇帝面前有200道精馔，我也不是很羡慕：他的胃口肯定没我好，因为我有一帮“同吃同德”的好友。在这帮好友面前，大家话不多，专心吃，用最合适的吃相吃，不必正襟危坐，更不必担心失态。

比如吃猪蹄，我推荐的吃相是，找三五好友到家，煮好的猪蹄刚出锅，趁热人手一只地啃，啃的时候眉目传情，一切尽在不言中，味道才能达到极致。“啃猪蹄儿，啃猪蹄儿”，只有啃，才能吃出真正的猪蹄儿味道。

饭店里卖的猪蹄不好吃的原因主要有两点：首先是为了食客的方便往往把猪蹄弄碎了，没了啃的快感；再就是太凉，有时干脆成了凉菜，味道自然减少了大半。

笼统地分，吃相可以分为文吃和武吃。现在的弊端是文吃太盛，武吃难觅。而有些菜，必须武吃才最有味道，上述的猪蹄即是一例。

有感于在北京吃烤鸭的憋屈和不过瘾，我开发过武吃烤鸭的办法。把烤好的鸭子，不片，剁成比较大的块儿，吃的时候用手抓，不要鸭饼，但保留葱丝、黄瓜丝、酱，鸭肉带着皮、肉、骨，嚼劲十足，非常过瘾。

烤鸭烤得不好就容易偏于油腻，并且味道偏淡，我还曾经设想过烤鸭的川式做法，烤的时候给鸭子刷上辣椒酱等，烤来肯定是另一番风味，不过还没有来得及试验。

吃东西是人类的本能，要吃得响才有快感。

吃面，一定要吃的“呼呼响”，才有了境界。既是文学大家也是美食大师的汪曾祺就曾写文章说：“吃面不吃蒜，等于瞎扯淡”。我再补充一条：“吃面不出声，面味儿减五成”。

吃面最佳的方式是趁热，用筷子挑起，深呼吸，让面和热蒸汽一起进入口腔，再进入腹内，最好的效果是一碗热面下去，出一身透汗，就像打通了任督二脉，非常爽快。

喝汤也是，最好的喝法是用一个大碗，不用勺子，端起来，一边用嘴吹一边喝，才最过瘾。现代人吃得都是过于斯文，用调羹送，热汤到了嘴里也凉了几分，味道也淡了很多。

不知道从什么时候开始，或许是为了文明起见，吃饭的时候开始流行用盘子了，碗变得非常少见。看来以后“饭碗”这个词要改成“饭盘”了。

蛋炒饭正是深受盘子所害的美食之一。现在大江南北通行用一个调羹、一个盘子来吃，但最过瘾的吃法其实是一个大碗加上一双筷子。吃的时候，手端碗起，筷子把热乎乎的蛋炒饭扒入口中，直到口腔被填满，然后再慢慢咀嚼，有些噎感地咽下，让蛋炒饭的颗粒滑过食道进入胃中，同时香气从鼻孔中散出，才算是深得吃蛋炒饭的“三味”。

当然，必要的餐桌礼制还是要遵守，但美食一定要在自由和放松的情况下才能最好吃。如果要求吃面的时候一定不能出声，我宁可放弃。

美食的自由状态是什么味道？我认为是咸鲜味，这是让味蕾最适应、最放松的味道——入口无痕，入肚暖饱。

说到这里，顺便说下我心目中美食家的标准。一个真正的美食家，除了“吃多见广”之外，还要喜欢去超市、菜市淘菜、淘调料，由此得到创意菜的灵感。

另外，在亲自做一道菜之前，要能想象得出这道菜的最终味道和颜色。还有，上桌后，要只吃不说话，直到吃到九分饱。也要注意别吃得过饱，吃得饱了，就会忘记美食的味道，就会淡忘对美食的评判。

除此之外，还有一个重要标准就是吃相。一个美食家应该“因菜制宜”，该文吃就文吃，该武吃就武吃，不要太顾及自己的形象。而且，吃东西的时候，还是要少说话，保持一个美食家的风度。这方面，我的好朋友沈宏非是个楷模。他每次上桌吃饭，不管有多大的领导在场，一律“我吃故我在”，等吃的差不多了再发言，一派淡定从容。

好的美食家还不应该“以价取菜”，即不以食材价格的高低来影响自己的判断。当一盘鸡毛菜和一盘海参放在一起的时候，忘掉价格，只相信自己的味觉。

真正的美食家吃饭的范儿讲究“一等”、“二看”、“三闻”、“四品”、“五叫”、“六咽”。

等菜时，美食家要全心一意，不急不躁，就像等待前来约会的情人，心中充满了甜蜜的期待。

菜出现的那一刻，就开始审视它的颜色，这道菜好吃与否一眼扫过就可以定个八九分。

菜落桌，提鼻一闻，气入丹田，菜还没入口，但这道菜的味道已经可以完全判定了。

菜入口，用心咀嚼，经过舌头、口腔、食道的多重品味后滑入胃中，如果是美食，这时候，美食家们一般会不自觉发出如叫床一般的呻吟声。不要小看这一声呻吟，它实际上是让美食的香气散到鼻孔中，再被品味一次，让美食的味、觉、香得到最充分的体验——也是美食家打通任督二脉的不二法门。

美食之欢，至此为最。

我见过吃相最为奇特的人是我的一位朋友，此人体格精瘦，但饭量不小，能吃擅做。他吃饭时，必用一个大海碗，下边是热米饭，上面铺上热菜，而且喜欢蹲在凳子上吃，左手持碗，右手拿筷子，一边吃，一边用左手旋转大碗，只吃最上边一层的饭菜。其奇特和精彩程度，简直可以去北京 798 艺术区做行为艺术表演了。

我曾问他，为什么这么吃东西？他说，这样能吃到最热、最鲜美的饭菜。因为厨艺也佳，他还经常被邀请去为朋友家的红白喜事主厨。每一次，他必然会带上自己的大菜刀，别在胯间，昂然而去，风度凛然，像极了周星驰电影《国产零零漆》中那位别着“超级杀猪刀”的大侠。

吃是人生第一大事，吃也被赋予了种种复杂的文化意义和保健意义。古人有“食能平疴”的论断，这没有错，但不要夸大食物的药用效果。吃芹菜能降低高血压，吃绿豆能如何如何，吃茄子降血脂……各种说法满天飞，甚至造出了张悟本这样的“养生专家”。

我想强调的是，食物就是食物，实质上是人用以满足口腹之欲的本能选择。同时，在满足营养的同时，再升华到味觉、嗅觉等复杂享受。所以，吃东西是一件快乐的事，也是一件极简单的事，遇到什么就吃什么，要吃得多样一点。如果为了降高血压要我连续吃一年芹菜，那么，我宁可绝食。

吃你的豆腐

“吃豆腐”在中国语言里有丰富的含义，其中最常用的一种是指男人占女人的便宜（多是指有身体接触）。

“吃豆腐”一词有这些丰富语义的根源还在豆腐身上，细腻、白嫩、柔滑的豆腐自然让人联想到美女。于是，文学、影视作品中“豆腐西施”也成为独特的一类形象，大文豪鲁迅笔下的“豆腐西施”杨二嫂更是广为认知。在我的老家四川，“豆腐西施”有另外一个名字“豆腐妹儿”，这里“妹儿”的发音尾音往往上挑，很有些撩动的味道。

豆腐是中国人的发明，老外直呼为“toufu”。据明代李时珍的《本草纲目》记载，“豆腐之法，始于汉淮南王刘安”。在民间，刘安也被认为是豆腐业的始祖，千载以来广受香火膜拜。

李时珍在《本草纲目》“谷部”中详细介绍了豆腐的制作方法。原来，西汉淮南王刘安晚年好道术，寻求长生不死之药，养了很多方士来炼丹，当时他们的一个据点就是安徽寿春的八公山。在反复的炼丹试验中，方士们尝试以黄豆汁来培育“丹苗”，偶然碰到同样为炼丹材料的“石乳”（主要成分为石膏），二者混合之下产生了一种乳脑，无毒、味美，还有回甘，被认为是“益寿神汤”。

结果，这一炼丹的副产品竟制造出了日后中国人最重要的食品之一——豆腐。而做为豆腐的发源地，八公山的豆腐至今还非常出名，口味也别具特色。

《本草纲目》记载，豆腐，“性甘、咸、寒，可和脾胃、消胀满、下大肠浊气、清热散血”。

所以，豆腐不但味美，还有保健、药用价值。豆腐可以解酒，酒桌上拼酒的时候先吃些豆腐，可以临时增加酒量。豆腐富含人体必需的八种氨基酸，常吃豆腐，可以降低胆固醇，预防动脉硬化，对高血压、冠心病等也有一定的辅助治疗作用。

在食品里，豆腐介于肉和蔬菜之间，往往成为肉的替代品。因为营养丰富，味美，历代备受推崇。据陶谷的《清异录》记载：“邑人呼豆腐为小宰羊”，这就把豆腐和羊羔肉相提并论了。

唐代的鉴真和尚东渡日本后，便把豆腐制作技术带到了日本，他本人也成为日本豆腐制作业的祖师。后来，豆腐又传入了朝鲜，接着传入欧洲、非洲和北美，成为了一种世界性的食品。

对中国人来说，豆腐可谓意义非凡，两千多年来，一直“营养着”中国人，也间接造就了中国人的体质。在上世纪物质贫乏的时代，买豆腐都要凭票，而吃顿豆腐更成了一般百姓难得的享受。

豆腐的做法有上千种，从皇宫贵族到普通百姓家的餐桌上，都可以见到用豆腐做的菜。记得小时候每到过年，母亲经常会买上一大块豆腐，用盐水煮透，再盖上灶底的草木灰，晾干，做成豆腐干，然后做成很多菜。

酿豆腐是最常见的做法之一，具体做法是：把豆腐切成三角形块，再切开，中间掏空，做成箱子状，填上肉馅或者其他馅儿，放到锅里，用猪油煎成两面金黄。

在四川，用肉馅做的豆腐叫“酿豆腐”，不是肉馅做的叫“盼豆腐”，这个名字也很有意思。

豆腐可以和各种食材搭配，但是和菠菜搭配的时候要特别注意，菠菜一定要用热水焯过才能和豆腐放在一起做菜。而且，不论是菠菜炒豆腐还是菠菜炖豆腐，都不宜多吃，因为二者结合能产生草酸钙，容易形成体内结石。

牛腩烧豆腐是另一道著名的豆腐菜，做这道菜的时候一定要用老豆腐，把豆腐焯过后加盐，沥干水，但同时保留些焯过的水待用，烧好牛腩，把牛腩和豆腐放在一起炖，加入焯过的少许豆腐水，然后收汁入味。

麻婆豆腐应该算是豆腐菜中最知名的一道了，其发明者陈麻婆是中国历史十大名厨之一。这道菜堪称中国菜的代表菜之一，在海外流传很广，在国内几乎也是家家菜馆都有。正因为流布太广，这道菜的做法也衍生出几十种，逐渐失去了最正宗的做法。

正宗的麻婆豆腐应该是将腌制过的牛肉炒得脆哨，加入豆腐一起炒成。但现在市面上的很多麻婆豆腐都是用猪肉，或者有的根本就不加肉，味道就差太多了。炒麻婆豆腐，最好用嫩些的豆腐，这样入味更快，滋味也更足。

豆腐炖鱼头这道菜讲究用老豆腐，加泡椒、泡姜、辣椒，去其腥味，文火炖入味，非常鲜美。而豆腐炖胖头鱼则是一道很出名的东北名吃。

“小葱拌豆腐——一清二白”，是一句民间俗语，然而，这又是一道很清爽的凉菜。需要提醒的是，用来拌菜的豆腐一定要热水焯过，以去其卤水味。

在各种豆制品中，豆花的关系与豆腐最近，应该算是“豆腐的妹妹”。豆花其实就是没有压制成型成块的豆腐，一般的吃法是鲜热的豆花再加上咸菜、芫荽（香菜）、腐乳等调制，用勺吃。也有将豆花浇上咸汤、肉丝，搅拌成豆腐脑食用的。

在河南，有种豆腐的吃法介于拌豆腐和豆花之间，用的是新鲜刚出锅的豆腐，这种豆腐压得不如普通的豆腐密实，但比豆花要紧致，也能成型，但非常松软，富含卤汁，吃的时候，将豆腐切成块，直接浇上调好的芝麻、辣椒，盐、酱油等做成的酱，拌匀食用，被称为“热豆腐”。

因为豆腐菜式实在太多，各地逐渐形成了一些专门的“豆腐宴”。前文提到的八公山就有豆腐宴，四川剑门的豆腐宴已经发展到三百多道菜，我专门去吃过，让人叹为观止，有的菜，如果不是对方提醒你，已经根本分辨不出是豆腐做的。

1993年，四川剑门为了推广豆腐文化，还特意制作了一块世界上最大的豆腐，这块豆腐重达3300公斤，长2.2米，宽1.2米，高0.9米，由十个壮汉才能抬起，简直是一大奇观了。

饮食的行为艺术

说到美食精神，就不能不提饮食的行为艺术，但很多人会马上联想到日本的“女体盛”，后来国内也有山寨版的模仿。虽说是“食色性也”，但女体盛在这方面做得有些过火，色情的味道太重了，而且内涵肤浅，破坏了饮食文化的精髓。

首先，饮食的行为艺术一定是在饮食内容本身内涵上的深化和升华。其次，饮食的行为艺术应该分为有意识的和无意识的，或者叫自觉与不自觉的。

抛开“腐败糜烂”的道德评价，中国历史上著名的昏君商纣王创造的“酒池肉林”应该算作是行为艺术的鼻祖。据《史记·殷本纪》记载：“（纣王）以酒为池，悬肉为林，使男女裸相逐其间，为长夜之饮”。酒池大到能够“运舟”，肉多到能够“成林”，这无疑很有想象力和震撼性。

这样来看，“酒池肉林”应该算是无意识的饮食行为艺术，如果要表现腐败等主题，“酒池肉林”无疑是最具表现力的。

而乾隆举办的千叟宴以及南唐韩熙载的夜宴都堪称伟大的饮食行为艺术。直到2000年，有“中国当代艺术教父”之称的栗宪庭还做了一个《老栗夜宴图》来模仿，不过那只是行为艺术，与饮食的关系不大。

其实，《清明上河图》以及清代的《盛世滋生图》都是很好的饮食行为艺术的蓝本。

在我看来，屈原的《招魂》应该算是最早的有意识的行为艺术，他

（宋）佚名 夜宴图

是主动的，目的是用美食为楚怀王招魂。然而，在他创造美丽诗篇的同时，也保留了那个时期珍贵的美食“菜谱”。

在国外，也有非常成功的行为艺术。比如，马尔克斯的名著《百年孤独》中有个场面正是精彩的行为艺术：马孔多佩特娜·柯特家中举行了一场荒谬的“饕餮比赛”，开始，奥雷连诺所向无敌，但随着外号“母象”的萨加斯笃姆到来，他被打败了。他们一连吃了三天三夜，吃掉了“一只小牛……五十杯橙子汁、八升咖啡和三十只生鸡蛋……两头猪、一串香蕉和四箱香槟酒”等。最后，奥雷连诺还是败下阵来，“母象”萨加斯笃姆获胜，而她的秘诀就是“巧妙地狼吞虎咽，但不是靠人为地刺激胃口，而是靠心灵的绝对宁静……一个人只要心地平静，就能不停地吃到疲乏的时候”。

这种魔幻的表达，给迷恋文学的我留下了非常深刻的印象，至今记忆犹新。

翻翻世界美食史，你能看到很多有趣的记载。比如，世界三大菜系之一的土耳其菜系（清真菜系），在奥斯曼帝国时期是其最重要的形成时期，在当时，可以说“美食精神”已经深深影响了这个国家的各个层面、各种行为。

奥斯曼帝国最精锐的苏丹亲兵的军旗就是一口锅，指挥官叫大厨，往下一级的叫发汤者、甜点师、面包师、洗碗工等，均是以厨房中的各种名衔来命名，非常独特。

而在那个时代，厨房还是一个重要的政治符号，当苏丹的内阁或者

首相发生变动时，就要把厨房的大锅掀翻。延续至今，土耳其语言中“掀翻大锅”还是指军队发生叛乱。

其实，厨房与军队在组织形态上还真有相通之处，一个高明的厨师长一定是善于发号施令，精于岗位分工，使下属各司其职，从而保证各个流程高效运作的。

世界另一大菜系法国菜系也很有美食精神，一些餐馆被权威的“米其林美食评级”下调评级时，时有掌厨师傅不堪压力和羞辱跳楼自杀的案例发生。

1999 年诺贝尔文学奖获得者、德国著名作家君特·格拉斯的代表作是《铁皮鼓》，他后来还有另外一部力作《比目鱼》就是以饮食为主题的，但知名度不是很高，很多人认为行文晦涩，但其中一些叙述都堪称顶级的饮食行为艺术。比如，其中写到一位美丽的厨娘正值哺乳期，做菜的时候苦于找不到鲜奶，就当场用自己挤出的乳汁入了菜，结果大受好评。

说到饮食的行为艺术，我本人还有过实践。那是 2007 年，我应朋友之邀，做了一个《鱼之梦——给一条好鱼的最高礼遇》的主题表演，表演是在一家真实营业的餐馆中举行的。我身穿道袍，头戴厨师帽，在其中有像魔术师一般的表演，身份则是“诗人、巫师、厨师”的三位一体。

场地中央天花板上吊着一张巨大的渔网，一个手术用无影灯灯光打在小床上，在《受难曲》的音乐中，两名餐厅服务员用担架抬上一条巨大的鲤鱼，放到小床上。我为鲤鱼垫上小枕头，并盖上一条蓝底白花的小被子。这时候很多鱼线吊着各种“诱饵”从四面八方垂下来，有手机、长笛、百元人民币、一封来自海洋的快递情书、后悔药、瓜子、男性生殖器模型、匕首等，而鱼漂则都是由体温计做成的。忽然，手机鸣响，是一条写着“鱼儿，你在何方，请回信”的短信。小床左边的餐桌上放着麻醉剂、手术刀、缝合线等手术器械，右边放着葱、姜、蒜、酱油、醋、芥末和一壶酒等。我每用手术刀在鲤鱼的身上划一道，都要在食物调料中蘸一下，然后再用针线缝合。与此同时，八名客人也分别端坐八方，手持钓竿，做钓鱼状。

整个表演快结束的时候，《受难曲》音乐终了，我拿出最后一件道具——一双小绣花鞋放到鱼的床边，然后退场。

这个创意剧本其实是把鱼拟人化，因为在中国文化中，鲤鱼是民间图腾，也是女性的象征，整个设计表现的是物欲横流下的生命意识，它包括都市、家庭、回归、诱惑、环保等主题，引发了包括《当代美术》等媒体的讨论。

我一直认为，行为艺术一定是在图画、文字、音乐甚至影像都无法充分表达的情况下，才有其存在的意义，行为艺术也一定要超越这些单一的表现方式，这是一个原则。

后来我还陆续创作了“鱼·词”、“鱼·镜子”系列，都延续了这种表达方式。比如在“鱼·词”主题中，在一个大鱼缸里有很多种类的鱼，一些鱼被束缚在鱼缸里的鸟笼里，而鱼缸壁上是五线谱，鱼代表着孤独、渴望飞翔等主题。

这些说来还都是行为层面的，当回到“饮食”的主题，鱼儿从画着音符的、装着鸟笼的鱼缸中被捞出后，可以做成一道“时尚之鱼”，也叫“90后之鱼”，鱼嘴上涂着口红，背鳍上是带着铁环，甚至还可以弄上文身，这很像当代的时尚青年装扮，很有冲击力。吃完鱼之后，食客可以把铁环当做纪念品拿走。

美食与文化其实从来都没有分开过，而美食本身也就是文化的载体和新文化的创造者之一。

当然，不论是饮食的装置艺术还是行为艺术，其前提都是“可食、美食”，即保持美味，保持饮食的内涵，在此基础上加以升华。

在当今的饮食文化中，对于菜品就是打荷、装盘，以及简单的雕花、拼盘，这还算不上装置艺术，饮食的装置艺术是要有一定底蕴和深度的。

其实，从中国古代开始，很多菜中就已经体现了装置艺术。比如有道菜，后人取名叫做“脱胎换骨”。“脱胎换骨”本身这个名字是道教修炼用语，指“超凡胎而成圣体，脱凡骨而成仙躯”。这道菜其实源于清代朱彝尊的《食宪鸿秘》中记载的一道菜肉幢蛋。

其做法是：先把鸡蛋煮到半熟，蛋黄倒出来，用脆肉做的料放入鸡蛋内，代替蛋黄，再蒸熟，是为“脱胎”；“换骨”就是把排骨的骨头抽出来，换上葱茎挂糊油炸而成，是为“换骨”。这个“骨”也可以用藕条来做，蒸熟后别有一番味道。

还有一个成语叫做“偷梁换柱”，这在美食上也得到了很好的演绎。清代淮安有“长鱼席”，长鱼就是鳝鱼，当地产的特别出名，被称为“麒麟公子”、“棕鳌将军”。“长鱼席”的主要菜品均由鳝鱼做成，其中有一道叫做烧鳝段，是将鳝段的鱼骨抽出，再填入笋条，烧制而成。笋条是圆柱形，很有些像“柱子”，而鱼的脊骨本来就是“脊梁”，所以叫做“偷梁换柱”。

宋代林洪所写的《山家清供》中记载了一道叫莲房鱼包的菜。先把嫩莲蓬去籽儿截底，挖去瓤，留其孔。然后以酒、酱汁、香料，加活鲜的鳜鱼肉做的肉丁，填入莲蓬，蒸熟。乍看是莲蓬，实则内藏鱼块，色彩翠绿，有莲蓬的清香，有鳜鱼的鲜美，直到现在还是江苏名菜，又叫做莲蓬鱼。

还有就是我们已经说过的唐代尼姑梵正的辋川小样，以及韦巨源在烧尾宴中做的素蒸七十二音声部，也都是顶级的饮食装置艺术。

现在天下盐店里有道很有特色的王献之排骨，这其实是十多年前我创意“中国书法宴”时留下的。当时我在成都，创意了中国书法宴，有三十多道菜，王献之排骨是其中之一，此外还有甲骨文煲、拈花惹草、鹤膝香脆、线条鸡等，其中传统的文房四宝等也都用上了。

我认为，中国的饮食文化与中国的书法文化是一样深厚的。在做书法宴创意的时候，我感觉到唐人的书法有种很明显的紧张感，而宋人的书法则较随意、闲适，流露出淡淡的闲趣。这在文学上也是一样，比如宋词与唐诗相比，意境上明显就要更加休闲有趣，略带一种湿润的忧伤。

这种诗文、书法上的气质不同其实从饮食文化中也能看出差异，根据我的考证，宋代的点心比唐代要多得多，而且比唐代要更加时尚休闲。

一个朝代点心和零食的丰富程度是与生活和娱乐的丰富程度有着密切联系的。宋代点心里有蝴蝶面、梅花汤饼、雪花酥等，无不是非常浪漫美好的名字，像宋词一样。那个时候还出现了至今仍风行大江南北的灌汤肉包。

山家三脆就是枸杞、竹笋拌小香菇，是宋代寺院菜。还有现在的江苏名菜蟹酿橙，都是起源于宋代。再比如雪天牛尾狸，是南宋的一道安徽名菜。

雪天牛尾狸的做法，据《山家清供》的记载是，牛尾狸去皮、去腑脏，用纸擦净，以清酒洗涤，入椒、葱、茴香，缝上，蒸熟，然后把肚子内的香料取出，再用石头等重物压一夜，然后“薄片切如玉”，上桌。原文说：“雪天炉旁，论诗饮酒，真奇味也！”

在苏东坡生活的时代就已有了雪天牛尾狸这道美食，南宋时已经非常出名。史书记载，宋高宗问美食于汪藻，汪藻就用梅圣俞的诗“雪天牛尾狸，沙地马蹄鳖”应对。其中，马蹄鳖（白肚如马蹄状的甲鱼）也是安徽黄山一带的特有食材，而“沙地马蹄鳖”即火腿炖甲鱼。

苏东坡是大书法家，也是大美食家，他的书法用墨浓厚，这与他创制的菜品也很相似，特别是东坡肉，味道浓厚，与他的书法气质相很是相像。

在书法宴上，我做了一个苏东坡的包间，专用来欣赏苏东坡的书法，品尝东坡美食，而菜品也多用砚台、墨盒、笔架等来盛装，营造出非常浓烈的书法氛围。

中国书法宴的开场是一个巨大的砚台，揭开特制“墨汁”，里边是一个硕大的活螃蟹，螃蟹从砚台内爬出，在宣纸上乱走，名为“老书家”。这也是一个行为艺术，一个“看菜”的饮食装置。

还有明代著名书法家董其昌，他的书法特点是喜欢用淡墨，显得莹润空灵，古雅秀逸。我在设计董其昌包间菜品的时候，就配合其书法气质，味道比较清淡莹润。在做狂草主题的包间时，结合“张癫素狂”的特点，除了采用中式饮食中常用的油炸、爆炒等浓烈的烹饪手法外，还用了一些西式的烹饪方法，代表菜之一就是唐人狂草。

既然文化与美食是相同的，我们在做菜品的时候，也应该往这个方向发展。这不是作秀，而是把文化的内涵用饮食表现出来。而且，我一直认为，菜品的最高层次和境界就是与文化的高度融合，当然，无论形式怎么变化，菜品好吃都应该是首要的。

王献之排骨堪称书法宴中的代表菜，做这道菜的创意时，我发现王献之的书法很有骨力，与其父王羲之的圆润流畅有所不同，特别是王献之书法中的竖笔，很像一根排骨。于是，我就用笔架装盘，笔挂排骨，砚台做蘸碟，创制了这道菜，从推出以来，一直是天下盐的一道招牌菜。

其实，现在你能吃到的王献之排骨已经简化了，比如没有再用砚台做蘸碟，只是保留了笔架、毛笔等装置。

菜品的文化创意除了提高内涵，吸引顾客，也是提高经营利润的有效手段。我曾经拿这道王献之排骨做过例子，普通的排骨也就卖 5 块钱一根，但做成王献之排骨，用笔挂起来，一根就可以卖到 16 元，而且还成了吸引顾客的招牌菜。

在饮食的装置艺术上，我还作了些尝试，比如，你现在能在天下盐菜单上看到的一道迷踪野鸭，这道菜是用一个画框加上一只糯米鸭，配上一个指南针。我为这道菜写了一首小诗："迷途的鸭子，躲在糯米下面，等待着坐南朝北的胃口"，表达出一种迷茫的意境。

还有就是百年孤独和成都粉子两道菜，都是用这两本书的原样放大做成器皿，上桌是两本书，打开时是菜品——百年孤独其实就是红烧甲鱼，成都粉子是粉蒸牛蛙腿。

这些文化看起来都是在菜品之外的东西，附加的小说、诗歌，甚至民俗的联想，给广大食客提供了多层次的美食享受，且很受食客们的欢迎。随着人们消费层次的不断升级，其实，真正的饮食装置艺术时代已经来临。

天下盐招牌菜之一：王献之排骨

天下盐招牌菜之一：迷踪野鸭

天下盐招牌菜之一：百年孤独

天下盐招牌菜之一：成都粉子

北京黄门宴上的著名菜品：黄氏牛肉

吃的工具

筷子是中国人独特的餐具，其极度简洁的构造和极其多样的实用功能甚至可以上升到哲学高度，堪称中国人对美食的一大贡献。

筷子是利用杠杆原理来夹取食物。关于筷子的起源有很多传说，比如姜子牙发明了筷子；妲己用玉簪给纣王喂食，遂演化成筷子等。但考古发掘已经证实，筷子的产生要早于商纣王时代。

可以推断，筷子的起源要早得多，它的原始形态应该是树枝之类，原始人用树枝串、架食物放在火上烤，或者叉着食物吃。在《动物世界》中，我们甚至可以看到大猩猩都用树枝来夹白蚁吃，这些可能都是筷子产生的基础。

筷子在先秦时代叫做“梜”，秦汉时期叫做“箸”，唐代一度叫做“筋”，伟大的诗人李白就有“金樽清酒斗十千，玉盘珍馐值万钱。停杯投箸不能食，拔剑四顾心茫然”的名句。到了宋代，才有了“筷”的名称。

筷子的材质从最原始的竹子、树枝开始，渐渐发展到金、银、玉、象牙、红木、骨头，乃至现在的塑料、复合材料等。其中，银筷因为有验毒的功效，最受帝王将相的青睐。

筷子不但材质有差别，长短也很有讲究。现在一般的筷子长约 20 厘米左右，长一些的比如炸东西用的有 40 厘米左右。筷子的长短设计以人的使用方便为宜，太短就变成了手抓，太长则不方便。但我见过用来夹菜的最长的筷子却长达一米多。

那是在上世纪七八十年代，四川的一些乡村每逢婚丧嫁娶，都会举行一种特别的宴会——“门板宴”，就是把房门的门板拆下来，临时作为餐桌使用，这半是出于物质匮乏的无奈。但用门板做餐桌有个问题，就是坐在门板两端的人因距离太长无法够到菜。于是，就出现了一种被称为“豪竿”的巨型筷子，长度达一米有余，如此一来，挥舞豪竿就可横扫整个门板上的菜了。现在四川的很多餐馆中做面，也用50多厘米的筷子，为的是搅动捞取方便。

经常可以发现，什么东西一旦进入了文化层面就会变得复杂了。对于筷子的使用，历来都有很多禁忌，比如，最主要的一条就是忌讳把筷子竖直插在食物上，因为那样是祭祀祖先时才做的，日常生活中这样做是会被长辈骂的。

说到这里，要顺便说说一道菜的起源，就是回锅肉，这道菜其实是起源于祭祖风俗的。根据儒家“祭如在”的理念，即使是给故去人吃的东西也是要做熟的，还要有肉食。但煮熟的肉祭献之后，扔了未免可惜，于是就拿回来再回锅翻炒，久而久之就形成了独特的回锅肉做法。

现在一些地方嫁女儿还有陪送筷子的风俗，寓意“快得贵子”。这一风俗至少在宋代就有了，据当时的文人笔记记载，当时人在婚事议定之后，女方家会送给男方家筷子两双，水坛一对，水中有金鱼四尾，寓意“金余”，生活丰裕。

筷子还有很多变体，比如竹叉、竹刀、竹签，很多时候，它们也充当了一次性餐具的作用，特别是街头贩卖的小食品摊多用。筷子虽然使用灵活，但有些食物还是对付不了，比如吃田螺、兔头等，这时就要用到牙签、吸管等。兔头是在四川非常流行的美食，俗称“啃兔脑壳”，这一说法还被用来戏称恋人间的接吻，可见其流行程度。

吃的工具中，登峰造极之作当属“蟹八件”。这一套精巧的工具由明代的苏州巧匠研发出来，后来渐渐成为吃蟹的一套标准装备，一度还成为苏州人嫁女儿的必备嫁妆之一。

所谓的蟹八件分别为砧、锤、斧、剪、镊、钎、匙、碟，具有垫、敲、劈、叉、剪、夹、剔、盛等功用，用它们来吃一只螃蟹，简直就像是做一场外科手术，能把螃蟹的肉吃得干干净净。更有高手在用蟹八件吃完螃蟹肉后，还能用空壳拼出一个完整的螃蟹，真正具有了科学严谨的技巧和态度。

受蟹八件的启发，我曾给成都一家专门做兔头生意的饭店提过建议，研发出一套“兔八件”或“兔六件”，既可以让这种吃起来有些难度的美食走向全国，还可以形成行业标准，提高饮食文化的内涵。

现代科技开发了越来越多令人惊喜的饮食工具，比如手套，甚至在日本的面条碗上都装上了吹凉面的小风扇，这就有些走火入魔了。

其实，最好的饮食工具还是自己的身体，如手指、舌头、嘴唇等。更重要的是，吃是人类最原始、最本能的欲望之一，还是无所羁绊最痛快。

比如，吃花生米，用筷子一粒一粒夹着吃简直如玩杂技一般，实在不痛快，哪如抓着吃过瘾；吃田螺，牙签好用，但用嘴舌吮吸出肉的感觉肯定是最解馋的；喝汤也是，双手捧碗，嘴吹着，溜着沿儿喝虽然不太文雅，但最畅快，最接近美食的本源。用身体直接去接触美食、分解食物带来的愉悦是工具替代不了的。

吃的工具是用来对付食物的，但它反过来也对食物本身产生了影响。从这个角度出发，我们甚至可以解释中餐和西餐菜品的区别。

中餐多把食物切成小块炒熟，这显然比较适合筷子发挥特长。我甚至猜想，面条这种食物的发明与筷子有非常紧密的关系，当然，这需要更多的考证来说明。

西餐中烤、炸、煎的东西较多，比较适合刀叉发挥功效。就说西餐中的面条，据说是从中国传过去的，也不得不变了模样，成了“拌面”，用叉子卷着吃，不像在中国汤面居多，甚至有一根面装满一碗的“极致”面条，那显然不适合用叉子来吃。而涮火锅这种吃法，也只有在筷子通行的中国才会成为大众欢迎的流行美食。

醋意　醋味

醋，是一种再常用不过的调味品。

关于醋的起源有个传说，酒的发明者杜康有个小儿子叫做杼娃，因为水灾来到了今江苏镇江一带，从喂马的酒糟中得到启发，用江水浸泡酒糟，每日翻缸搅动，至第21日的酉时酿成了醋。

所以，“醋”字在汉语中就是由“酉”和“廿一日”组成的。在《康熙字典》等古代辞书中，“醋”也是被归“酉”部的，“酉”又是古代的酒器，代表酒。所以，“醋”的意思就是：“酒成二十一日后酿成的。”至今，灯谜游戏中，还常用“二十一日酉”来做为“醋”字的谜面。

有了现代工艺，醋的酿造自然用不了21天那么多了，但还是有些醋厂遵守，比如驰名海内外的百年老字号镇江恒顺醋厂，据说酿醋还是要经过21天，这种精神让人赞叹。这家公司目前已经是A股的上市公司了，其生产的镇江香醋也位列“中国十大名醋”之中。

恒顺醋一般比较适合凉拌菜。陈醋是老醋，越陈越好，陈醋的酸度厚，镇江醋的香度厚，各有所长。做糖醋类菜品时，比如糖醋排骨、糖醋白菜等，要用陈醋，酸味够，醋味浓。而一般的凉拌菜，不宜太酸，适合用香醋。另外，对于香味要求较高的炒菜，镇江醋也比较适合。

醋，在中国语言中还有丰富的含义。“醋意”是一个特殊词语，形容一种妒忌、爱意交织的感情。

这一词语的发明归功于唐代名臣房玄龄的夫人卢氏。早年房玄龄未

房玄龄肖像

发迹时，曾身患重病，房自觉不久于人世，便对年轻的妻子说，死后请她改嫁，千万不要守寡误了自己。哪知性情刚烈的房夫人听了这话，随手抄起剪刀，当着房玄龄的面给自己毁了容，以表示不二嫁的决心。

后来，房玄龄熬过了那场疾病，并在仕途上平步青云，受到唐太宗的重用，成为“贞观之治”的开创者之一，官封梁国公。为了表彰他的功劳，唐太宗还特地送给房玄龄两个美女做妾。卢氏当然不干，吵闹了起来，拒不让美女进门。皇帝又派皇后等人劝说，还是未果，一怒之下，召房玄龄和卢氏来问罪，并当场给了房夫人两条路，要么接收这两个御赐的美女，要么喝下一坛御赐的“毒酒”。卢氏毫不含糊，捧起就喝，却酸味非常，原来那“毒酒”竟是醋！

卢氏不怕皇帝不怕死，房玄龄纳妾的事也就只能作罢。从此，“吃醋”便成了妒忌的代名词。

醋，传说起源于杜康时代，虽然不可详考，但在《周礼》中已经有“醯入主醯”的记载。“醯”就是指醋，由此推算，醋也有近三千年历史了。

另据记载，周代已经设有“醯人”的官职：“醯人：奄二人，女醯二十人，奚四十人。”这是一个周代王室醋作坊的人员配备记载，专管周王室醋的供应。

最早的醋应该是用青梅等酸性果实做的。《尚书》记载：“若作和羹，尔惟盐梅。”即是说：做和羹的时候，要用盐和梅浆来调味。这里的梅显然是作为酸味剂存在的。在先秦文献中也常见“盐咸梅酸”的句子，可见，早先制作醋的原料多为梅果。

后来，人们又发现用米也可以制作“酸浆”——现在还有专门的米醋。同时，酿醋的方法更加多样了，北魏《齐民要术》中归纳了二十多种酿醋方法，包括“大麦酢法”、“秫米神醋法”、“秫米酢法”

（秫米即高粱）等。

醋一般是加在菜品和汤中调味的，蘸碟的吃法至少在宋代就已出现，这标志着醋的独立意味更强了，有了这个作基础，“饮醋”也就成为一种风尚。

宋代《梦粱录》、《武林旧事》中记载的以醋命名的名菜有枨醋洗手蟹、醋赤蟹、五辣醋蚶子、五辣醋羊、酒醋辣肉、姜酸生螺等，陆游诗中就有“小著盐醯助滋味，微加姜桂发精神”的句子，堪称做菜调味的指导。

历代都有名醋诞生，《本草纲目》记载的醋就有米醋、麦醋、曲醋、糠醋、糟醋、饧醋、桃醋、葡萄醋、大枣醋、糯米醋、粟米醋等数十种。

发展到现在，醋的种类更多，有“十大名醋”之说，包括山西陈醋、镇江香醋、北京熏醋、山东泺口醋、四川保宁醋、河南正阳伏陈醋、福建永春老醋等。

前面已经说过，凉拌菜用镇江香醋，吃饺子以及专门的酸味菜用陈醋。而四川的保宁醋则是二者兼而有之，酸香结合，也是中国食醋类产品中唯一获得过巴拿马万国博览会金奖的。

醋在调味上的主要作用有：提味、增味、解腻、去腥、校（正）味。比如我们吃到的“糖醋味”、“荔枝味”、“鱼香味”、“酸辣味”，都是醋在起主导作用。另外，醋还可以降低辣的味道，保持蔬菜的脆嫩。比如，炒大白菜的时候，加醋就可以明显提升白菜的脆嫩程度。

另外，在烧烤、油炸肉类的时候，在外侧涂一层糖和醋，可以增加酥脆度，最典型的如广东名菜烤乳猪、烤乳鸽、脆皮鸡。家庭里炖东西的时候，加一点醋，可以让食物快熟，增加味道，同时也能保存维生素等营养物质，并利于钙质的吸收。

烹调中用醋，不仅要取其酸，更要取其香。用醋的最高境界应该是“用而不酸”，无形中增加了菜的口感和味道。用糖也是一样。

要取醋的香，最好的办法就是用热油来烹。炒菜时，油热后，先放一点醋，再放菜炒制。比如做糖醋白菜，先放油，待油六成热的时候，放糖，炒出花，快金黄的时候，倒入醋，然后马上倒入菜炒，这样炒成的白菜既脆又香。

我有一道私房菜叫炝炒豆芽，很多朋友都说很香，很特别，其实，诀窍就是在炒熟之后，顺着锅边淋一圈醋，利用锅的热度把醋味融入其中。这样，出锅时豆芽既没有酸味，又很香，这就是充分利用了醋的“增味”功能的效果。

还有道菜很考验用醋的功夫——爆炒腰花。炒好了脆、嫩、鲜、香，而不带丝毫的腥臊味，炒不好就难以入口了。

我的做法是，腰花去腰臊洗净后，花刀切好，先加上五六滴白酒（52度以上），然后放盐、料酒、干豆粉，加郫县豆瓣，和少量的醋，拌匀码味，炒的时候最好用菜籽油加上一些炼猪油做成混合油，备好辣椒、花椒。油到八成热（即开始冒青烟），把辣椒和花椒放入，不要炒糊了，放入腰花，翻炒四五下之后，即把腰花铲出放在一边，然后再用锅底剩的油炒姜、蒜片，泡萝卜等，炒出香味，然后把腰花重新倒入，翻炒四五下就可以出锅了。

这样炒出的腰花，既脆又香又嫩，还没有一点臊味，非常可口。醋在这道菜中和酒一起起到了去臊腥、增香提味、保嫩脆的作用。

用醋作为主要调料的名菜在各地都可见，有浙江的西湖醋鱼、江苏的醋溜鳜鱼、山东的醋浇鱼、四川的醋烧鲶鱼、河南的糖醋黄河鲤鱼、云南的螺黄、湖北的金毛狮子鱼、福建的酸甜竹节肉等。

从中我们可以发现一个规律，这些名菜的原料均以鱼为主，其中醋的去腥功能得到了彰显——实际上，在醋的实用功能中，酸倒是其次，主要还是用其去腥、正味和增香的作用。

醋为什么能够去腥呢？这是因为鱼的体内有种叫做“三甲胺”的物质，可以溶于酒精，而醋本身就是由酒演化而来，自然也能够去腥了。

把握火候

火的使用是人类从动物界独立出来的标志性事件。

经过上万年的发展，人们对火的使用已经纯熟到无以复加的程度。用的最妙的应用当属烹调领域，并由此引申出更多的丰富文化含义。火了、火爆、火辣、火热、鬼火、欲火、新官上任三把火……用火之妙，尽在火候的把握。

做菜把握不好火候，菜会很难吃；做事把握不好火候，事情会办砸；追女人把握不好火候，会适得其反；要想跟人打得火热，就千万别过火。

“火候”一词源于道家炼丹的术语。外丹炼制中极讲究用火技巧及对温度变化的把握，道士们从天人合一的角度来控制火候的进退，火候到了，才能炼制出金丹妙药。又引申为“内丹”的炼制，指对意念、神智、气的控制，必须配合天时进退，把握得当，才能炼成内丹，修成圣骨仙躯。

著名内丹家刘一明在《悟真直指》中说，“火”指的是修持之功力，“候”指的是修持之次序。把握不好修炼的火候就会“走火入魔”。

火候对菜品的作用是决定性的，在《吕氏春秋·本味篇》中就有非常系统的论述：“五味三材，九沸九变，火为之纪。时疾时徐，灭腥去臊除膻，必以其胜，无失其理。”

在烹饪中，火通过水、油、热空气（烧烤时）等媒介对食材发生作用，其应用更加微妙。统而论之，火候可分为武火、中火、文火，再细分为旺火、中火、小火、微火。

其应用的基本原则是根据原料的质地来确定的，软、嫩、脆的原料多用旺火速成，老、硬、韧的原料多用小火长时间烹调。同时，还与食材的多少、形状，以及烹调的方法有密切关系。

炒、爆、烹、炸多用武火，红烧则是先武后文，烧、炖、煮、焖多用文火慢煨，但也有用大火先熬，再接文火的。炒菜时虽用武火，但还要八成油热（油在锅内开始冒青色的烟）时，才是火候恰当的时候。

火候恰当自然味道鲜美。唐代段成式在《酉阳杂俎·酒食》中记载："贞元中，有一将军家出饭食，每说物无不堪喫，惟在火候，善均五味。"

宋代的苏东坡被认为是美食大家，他的东坡肉其味之妙也在火候，做菜做到兴头上，这位大文豪还写了一首《猪肉颂》："待他自熟莫催他，火候足时他自美。"

古人食物烹饪的火候有很高的要求，孔子的饮食规范"十不食"中就有一条"失饪不食"，即火候不对，不吃。而在唐代以前，火候也叫做"火其"。

厨师行业有个常识，就是炖汤时，武火出白汤、文火出清汤；武火出味、文火出鲜。由于熬汤对火候的要求极其严格，又有"人熬汤，汤熬人"的说法。

明末名妓董小宛非常善于做各种糕点，她的一个秘诀也是火候，并"常取五月桃、西瓜，文火炙七八分……坐炉旁静观火候成糕"。

清代袁枚的《随园食单》对火候有综合性的论述。

在"火候须知"一节中，他说："熟物之法，最重火候。有须武火者，煎炒是也，火弱则物疲矣。有须文火者，煨煮是也，火猛则物枯矣。有先用武火而后用文火者，收汤之物是也；性急则皮焦而里不熟矣。有愈煮愈嫩者，腰子、鸡蛋之类是也。有略煮即不嫩者，鲜鱼、蚶蛤之类是也。肉起迟则红色变黑，鱼起迟则活肉变死。屡开锅盖，则多沫而少香。火熄再烧，则无油而味失。道人以丹成九转为仙，儒家以无过、不及为中。司厨者，能知火候而谨伺之，则几于道矣。鱼临食时，色白如玉，凝而不散者，活肉也；色白如粉，不相胶粘者，死肉也。明明鲜鱼，

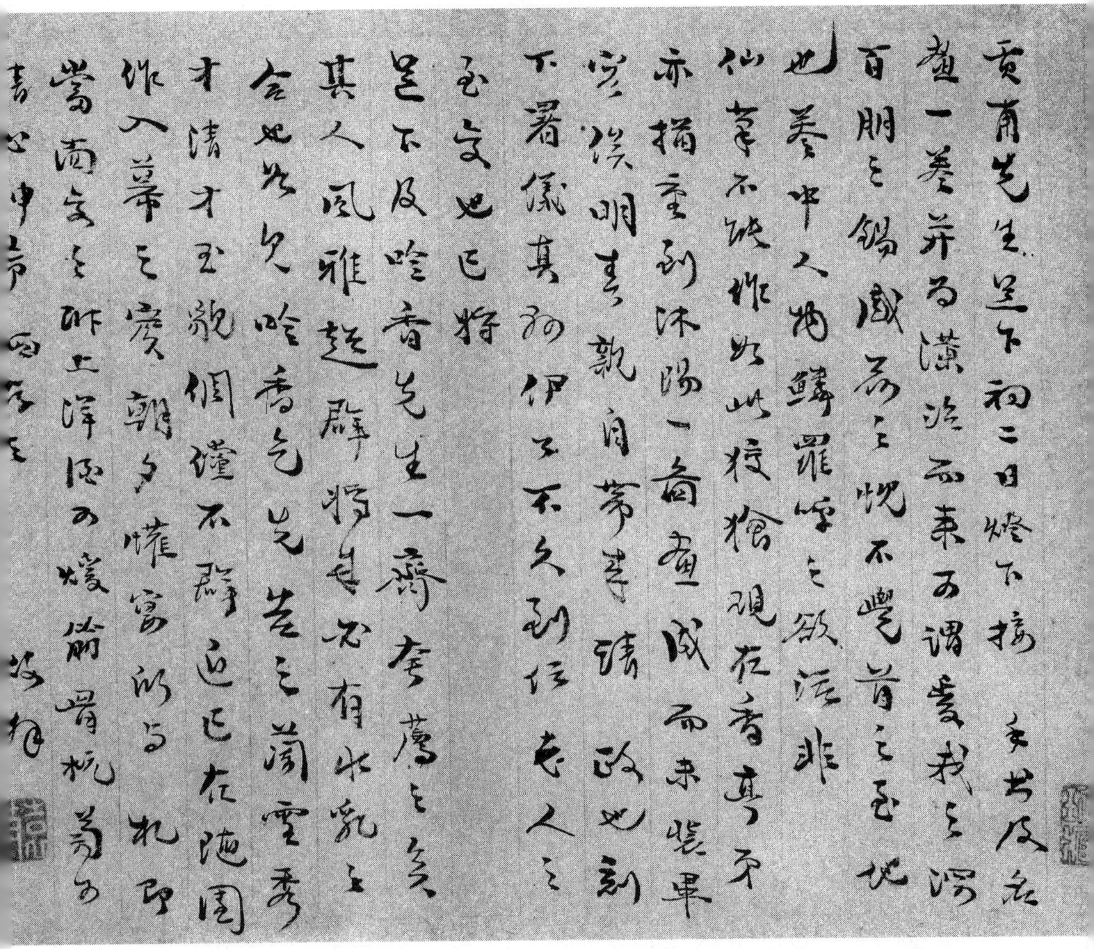

（清）袁枚　致尤荫手札

而使之不鲜，可恨已极。”

在我看来，这一段话算是厨师行业用火的“最高指示”，应该悬挂袁枚的画像，同时配合这段语录贴在厨房里。

说到这里，我一直认为，中国餐馆的厨房太过简陋、机械了，缺乏文化内涵。厨房是进行艺术创作的地方，应该张贴饮食名言，提升内涵，做出的菜品也更有艺术气息，味道自然更好。

用火候有些极端的例子，比较出名的是“一支烛的烹饪”。根据《清朝野史》的记载：“熊掌用石灰沸汤剥净，以布缠煮熟，或糟尤佳，曩见陈春晖邦彦故第墙外，砖砌烟筒高四五尺，上口仅容一碗，不知何用，云是当日制熊掌处，以掌入碗封固，置口上，其下点蜡烛一枝，微火熏一昼夜，汤汁不耗，而掌已化矣。”

蜡烛能让熊掌熟烂，火候功夫实在了得，其诀窍在于恒温。想来需要一个人不断地更换蜡烛，保持烟囱内温度的恒定，一旦蜡烛熄灭，就前功尽弃了。

元代大画家倪瓒同时也是美食大家，他有一道云林鹅也是用火的典范。

云林鹅其实就是烧鹅，倪瓒的方法是：“洗肉净，以盐、椒、葱、酒多擦腹内，外用酒、蜜涂之。锅内竹棒搁起。锅内用水一盏、酒一盏，盖锅，用湿纸封缝。干则以水润之。用大草把一个烧，不要拨动。候过，再烧草把一个。住火饭顷。以手候锅盖冷，开盖翻肉。再盖，以湿纸仍前封缝。再以烧草把一个。候锅盖冷即熟。”做这道鹅时的一个讲究是“先入锅时，以腹向上，后翻则腹向下”。

倪瓒的这种方法在普遍用燃气的当下恐怕很难复制，有赖有心人摸索复原。

有道家常菜是非常考验火候的，即爆炒腰花。腰花做不好腥味、土味都很重，做好了就脆嫩异常，毫无腥味。

腰花是我经常做给自己吃的一道菜，在做饭店时还推出过一道那时腰花开，还算是比较成功，这里分享下经验：

腰花先去腰臊洗净，用麦穗花刀切好。加上料酒、少许白酒、干豆粉、盐、胡椒面、适量的糖、醋，拌匀码味，准备好花椒粒和干辣椒，以及泡萝卜、泡姜、香葱、酸菜等备用。锅里先加油（最好用 2/3 的菜籽油和 1/3 的猪油做成混合油），加热到八成油热，放入码好的腰花，快速翻炒两下，腰花还带血红的时候就捞出。然后放入备料，快速翻炒出香，但不等糊就用炒铲子推到一边，再放入腰花和花椒、干辣椒一起炒，一边翻一边出锅。

这样做出的腰花脆嫩鲜香，而不带腥臊味道。我曾写过一首小诗给这道菜："献给热恋中的少男少女。你们的感情就像这道腰花，清纯脆嫩。"

柳叶花刀说刀工

“到现在，我的刀法精湛，三两肉飞快，我已铺满一大盘……”音乐里，庾澄庆“哼哼哈嘿”地唱着《蛋炒饭》，这段有关刀法的唱词尤其令我印象深刻。

实际上，“刀法”就是饮食技艺中的“刀工”，是每个厨师的基本功。相比较而言，“刀法”这个词儿听起来更带劲儿，更有力度，更有武侠的味道。其实，刀法与刀工已然不分，中国饮食中的刀工与中国功夫一样源远流长。

在徐克监制的经典武侠电影《新龙门客栈》中，那位手拎刮骨刀的鞑靼小厨师，就是仗着日久练就的纯熟刀工，重创了那位武艺高强的东厂大太监（甄子丹饰演），瞬间将他腿上的肉剔个精光。

每每看到这幕场景，我总会想起庄子所说的“庖丁解牛”的故事。如果要推选中国饮食中的“刀工之祖”，我看，非这位刀法“游刃有余”的庖丁莫属。你看《庄子·养生主》中的这段话：“庖丁为文惠君解牛，手之所触，肩之所倚，足之所履，膝之所踦，砉然响然，奏刀騞然，莫不中音。”——这简直就是艺术表演了，宰牛剖肉还能和着音律的节奏，真是神了。

可能是庖丁开了个好头，刀工发展到后来，还真就成了艺术表演的一种。唐代段成式《酉阳杂俎》中记载，“有南孝廉者善斫脍，縠薄丝缕，轻可吹起；操刀响捷，若合节奏。因会客炫技”。可见，唐朝时刀工已经成为可以拿出来公开“炫耀”的技艺了。

再后来，还有人专门组织厨师做刀工表演，还引起了轰动。南宋曾三异的《同话录》记载，有一年在山东泰山举办了一次绝活表演，其中“有一庖人，令一人裸背俯伏于地，以其背为几，取肉一斤许，运刀细缕之。撤肉而试，其背无丝毫之伤”。

虽然没见过用真人做砧板的，但是，机缘巧合之下，我却亲眼见过一场精妙绝伦的厨艺表演。当时的情况是：在一层很薄的丝绢衬底上放上猪肉，一位厨师左右手运刀，将肉剁成细碎的肉馅儿，待揭起来看时，丝绢上没有丝毫损坏。

不论古今，在很多比较讲究的场合，宴会前的花刀表演几乎成了提起食客兴趣的固定手段。有人更是把庖丁“莫不中音”的精神发扬光大，直接用装有小铃铛的“鸾刀”表演，以增加音响效果。

西晋潘岳的《西征赋》云：“饔人缕切，鸾刀若飞，应刃落俎，靃靃霏霏”，这段话中的“靃靃”，就是拟声词，用来描写“鸾刀若飞”的韵律感，很像现在的动感音乐。

这种刀工表演的风气在唐宋时期还依然盛行，唐代大诗人杜甫有诗云：“饔子左右挥双刀，脍飞金盘白雪高。”宋代文豪苏东坡也作诗说：“运肘风生看斫鲙，随刀雪落惊飞缕。”都是在说这种表演。

四川有道名吃叫做灯影牛肉，其来历就源于刀工，是说这种牛肉切得很薄，能透出灯影来。现在已经成为一个泛化的品牌了，对刀工也不再那么讲究了。

刀工历传不挫，除了“炫技”之外，当然还有其饮食上最根本的应用，那就是让食物变得更美观、更美味。

中国饮食对刀工的讲究也同样的源远流长。《论语》中记载了孔子的“十不食”，其中之一就是“割不正不食”——孔老夫子直接把刀工的好坏上升到了礼仪文化的层次，除此之外，恐怕也有对美食味道的考虑。

之前的文章中曾多次提到，孔子应该是中国最早的大美食家之一，他对饮食所提出的详细标准，除了“礼”的考量，很多也是出于对美味的追求。

生鱼片历来就是一道对刀工很讲究的美食，好的刀工才能让鱼肉的鲜美展露得更充分。一提起生鱼片，大多数人的第一印象可能是：这是日本人爱吃的美食。殊不知，中国人很早以前就开始吃生鱼片了。

早在汉代至三国时期，中国的生鱼片制作技术已经达到了非常高的水平。东汉傅毅在《七激》中描述说："涔养之鱼，脍其鲤鲂。分毫之割，纤如发芒。散如绝谷，积如委红。残芳异味，厥和不同。"

三国大才子曹植在《七启》里说："蝉翼之割，剖纤析微。累如叠谷，离若散雪。轻随风飞，刃不转切。"遗憾的是，现在餐馆里吃到的生鱼片，已经绝少有"蝉翼之割"那般的绝妙刀工了。

与火候一样，刀工是人类饮食的一大进步，是对食物的文明化处理。刀工的第一个作用是改变食物的形状、大小，让食物更适合人嘴的食用，然后再通过不同的刀法，让食物更易熟、入味，便于烹调，最后才是美观造型，引逗人的食欲。

现代，单论烹饪中应用于饮食的刀法，粗略计算也有 20 多种，如切、片、斩、劈、剖、排、旋、剜、拍、剞等。切又可分为直切、推切、拉切、距切、铡切、滚料切、抖切等，劈可分为直刀劈、跟刀劈、拍刀劈等，斩又分为直斩、排斩等。

如果再算上花刀，那就更加蔚为大观了，可多达上百种，比如柳叶、麦穗、荔枝、凤尾、蝴蝶、菊花、兰花、蓑衣，等等。

这里，我们重点谈谈花刀，中国饮食中的象形花刀，其丰富和复杂程度，以及深厚的文化底蕴，在世界范围内都是绝无仅有的。

一些菜式和特殊的花刀处理已经深度融合，比如松鼠鳜鱼，其花刀在烹饪界被称为"松鼠花刀"。具体做法是将鳜鱼去骨后，皮朝下摊开，用斜刀切，深达肉的 4/5 处，但不切破鱼皮，然后在尾巴处开一个口，将尾巴从口中拉出，再加入拌料，随后下锅炸制。

鱿鱼、肚、鸡胗、腰花等食材，一般在上桌的时候也都是用花刀处理过的。这里需要特别指出的是，切花刀时，一般都像处理松鼠鳜鱼时那样，皮向下从内侧切，这样在出锅时才能"食花"盛开。

腰花一般是从外侧切，直接切破外皮，这是由腰花的材料特性决定的。值得一提的是，单是这猪腰剞花的种类就有 14 种之多，它们是：麦穗花刀、蓑衣花刀、荔枝花刀、鱼鳃花刀、兰花花刀、麻花花刀、互松花刀、九连环花刀、凤尾花刀、双面莲花刀、竹节花刀、寿字花刀、栏栅花刀、梳子花刀。要全面掌握这些花刀技艺，非烹饪界高手莫属。

在古代，花刀的刀法就已经非常繁复了，比如唐代《斫脍书》就列举了小晃白、大晃白、舞梨花、柳叶缕、对翻蛱蝶、千丈线等花刀的诸多名目。虽然说起来名目特别多，做起来似乎也很复杂，实际上，日常生活中我们每天都在使用花刀，比如马耳朵花刀，即我们切葱时斜切形成的葱段很像马耳朵而得名。

剁饺子馅儿是家庭厨艺活动中最接近杜甫、苏轼等人所描摹的“运刀如飞”境界的，我的体悟是，用双刀感觉最好，效率也最高，不妨一试。

后记

2009年5月，中国社科院工业经济研究所主办的《中国经营报》编辑李俊辉先生等一行，到天下盐南新仓店品尝美食，邀我也参与其中。几杯酒下肚，便与山东大学中文系毕业的才俊李俊辉聊了起来，从屈原招魂之菜品说到鸿门宴上的美食，从大唐的烧尾宴说到乾隆的宫廷菜生活，从曹操的美食著作《四时食制》说到蒋介石的饮食观等。李俊辉先生当即决定，请我为《中国经营报》写美食专栏。为此，我们一直愉快地合作到今天。本书收录的文章就是从《中国经营报》2009年5月至2011年4月这两年间的美食专栏中精选出来的。

美食不仅仅是一种娱乐，还是幸福的本身。当你为自己的爱人、亲朋好友献上亲自烹调的美食时，你心爱的人们是幸福的，你自己也是幸福的。对于那些问我关于“美食境界”之类问题的人，我说，美食境界有三：一是没有境界的厨人是用“手”做菜；二是有境界的厨人是用“心”做菜；三是最高境界的厨人用“爱”做菜，这正是为什么母亲做的菜最好吃的原因所在。

这里我要特别感谢我的好朋友，也是我二三十年烹饪生涯的见证人——美食评论家沈宏非先生、作家阿来先生以及诗人李亚伟先生，感谢他们在百忙之中为我写推荐序；感谢好朋友马小兵及中南博集天卷文化传媒有限公司的编辑张丽女士的精心策划和创意；感谢张倩同学为本书资料的收集、打印和整理所做的工作；最后，我要感谢我的大哥黄珂及他主持的黄门家宴——没有黄氏牛肉，就没有这本书的“香辣”出版。

二毛

2011 年 4 月于北京

图书在版编目（CIP）数据

碗里江山 / 二毛著．—长沙：湖南文艺出版社，2011.7

ISBN 978-7-5404-4939-1

Ⅰ．①碗…　Ⅱ．①二…　Ⅲ．①随笔—作品集—中国—当代　Ⅳ．①I267.1

中国版本图书馆 CIP 数据核字（2011）第 081181 号

上架建议：文学随笔

碗里江山

作　　者：二　毛
出 版 人：刘清华
责任编辑：丁丽丹　刘诗哲
监　　制：伍　志
策划编辑：张　丽
版式设计：李　洁
封面设计：大观工作室
出版发行：湖南文艺出版社
（长沙市雨花区东二环一段 508 号　邮编：410014）
网　　址：www.hnwy.net
印　　刷：三河市鑫金马印装有限公司
经　　销：新华书店
开　　本：787 × 1092　1/16
字　　数：140 千字
印　　张：14
版　　次：2011 年 7 月第 1 版
印　　次：2011 年 7 月第 1 次印刷
书　　号：ISBN 978-7-5404-4939-1
定　　价：32.00 元